Robert Musil

Die Schwärmer

Schauspiel

Im Anhang:
Der Schwärmerskandal,
aus den Briefen und Tagebüchern
(herausgegeben und kommentiert
von Adolf Frisé)

Rowohlt

Umschlagentwurf Werner Rebhuhn
Das Titelfoto und die Abbildungen im ersten Tafelteil
zeigen Bilder der Inszenierung von Erwin Axer
am Akademietheater des Wiener Burgtheaters 1980
mit Erika Pluhar (Regine), Gertraud Jesserer (Maria),
Karl-Heinz Hackel (Anselm), Joachim Bißmeier (Thomas),
Wolfgang Gasser (Josef).
Fotos: Elisabeth Hausmann

Der zweite Tafelteil zeigt Bilder der Inszenierung
von Hans Neuenfels am Schloßpark-Theater Berlin 1981
mit Elisabeth Trissenaar (Regine), Elisabeth Schwarz (Maria),
Joachim Bliese (Anselm), Hermann Treusch (Thomas),
Lothar Blumenhagen (Josef).
Fotos: Ilse Buhs

16.–18. Tausend Februar 1986

Veröffentlicht im Rowohlt Taschenbuch Verlag GmbH,
Reinbek bei Hamburg, Juli 1982

Gesamtherstellung Clausen & Bosse, Leck
Printed in Germany
780-ISBN 3 499 15028 x

DIE SCHWÄRMER

Schauspiel in drei Aufzügen

[1921]

Personen

Thomas
Maria, *seine Frau*
Regine, *ihre Schwester*
Anselm
Josef, *Reginens Mann; Universitätsprofessor und hoher Beamter der Unterrichtsverwaltung*
Stader, *Inhaber des Detektivbureaus Newton, Galilei & Stader*
Fräulein Mertens, *cand. phil.*
Ein Dienstmädchen

Das Stück spielt in einem Landhaus, das Thomas und Maria geerbt haben, in der Nähe einer Großstadt.

Alle Personen des Stücks sind im Alter zwischen achtundzwanzig und fünfunddreißig Jahren; nur Fräulein Mertens ist vielleicht etwas älter, und Josef ist über fünfzig.

Bis auf diese beiden sind auch alle Personen des Stücks schön, wie immer man sich das vorstellen möge.

Die Schönste von allen ist Maria, groß, dunkel, schwer; die Bewegungen ihres Körpers sind wie eine sehr langsam gespielte Melodie. Thomas dagegen ist fast klein, schlank und nur raubtierhaft sehnig; dem ähnlich, entgeht sein Gesicht unter einer herrlich starken Stirn fast der Aufmerksamkeit. Anselms Stirn ist hart, niedrig, breit wie ein fanatisch gespanntes Band; der sinnliche Teil seines Gesichts ist faszinierend. Er ist größer als Thomas. Regine ist dunkel, unbestimmbar; Knabe, Frau, Traumgaukelding, tückischer Zaubervogel. Fräulein Mertens hat ein gutmütiges Gesicht, das an einen Schulranzen erinnert, und ein vom Horchen in den Sälen der Weisheit breit gewordenes Gesäß.

Josef ist lang, hager und besitzt einen großen kantigen Adamsapfel, der über einem zu niedrigen Kragen auf und ab steigt, außerdem einen flossenartigen, fahlbraunen Schnurrbart.

Stader war einmal ein hübscher Junge und ist jetzt ein tüchtiger Mensch.

Erster Aufzug

Die Szene stellt ein Ankleidezimmer dar, das durch eine große geschlossene Schiebetür mit dem anstoßenden Schlafzimmer verbunden ist. Eingangstür auf der entgegengesetzten Seite. Großes Fenster. Ebenerdig. Aussicht auf einen Park.

Diese Szene muß in der Wiedergabe ebensosehr Einbildung wie Wirklichkeit sein. Die Wände sind aus Leinen, Türen und Fenster sind darin ausgeschnitten, ihre Umrahmung gemalt; sie sind nicht starr, sondern unruhig und in engen Grenzen beweglich. Der Fußboden ist phantastisch gefärbt. Die Möbel gemahnen an Abstraktionen wie die Drahtmodelle von Kristallen; sie müssen zwar wirklich und benutzbar sein, aber wie durch jenen Kristallisationsvorgang entstanden, der zuweilen für einen Augenblick den Fluß der Eindrücke anhält und den einzelnen unvermittelt einsam ausscheidet. Oben übergeht der ganze Raum in den Sommerhimmel, in dem Wolken schwimmen. Es ist früh am Vormittag.

Regine sitzt, einen Brief in der Hand, auf einem ungeduldig herangezogenen Sessel an der Schlafzimmertür, leise mit den Fingerknöcheln daran trommelnd. Fräulein Mertens steht ratlos ihr zugewendet mehr in der Mitte des Zimmers.

Regine: Sie sind also wirklich nicht abergläubisch? Sie glauben nicht an geheime persönliche Kräfte?
Fräulein Mertens: Wie denken Sie sich das eigentlich?
Regine: Gar nicht. Als Kind und noch als Mädchen hatte ich eine häßliche Stimme, sobald ich nur laut sprach; aber ich wußte, daß ich eines Tags alle Leute durch einen wunderbaren Gesang überraschen würde.
Fräulein Mertens: Und haben Sie dieses Organ bekommen?
Regine: Nein.
Fräulein Mertens: Nun also.
Regine: Ich weiß nicht, was ich Ihnen antworten soll. Hatten Sie nie ein unerklärliches Gefühl von sich? So geheimnisvoll, daß man die Schuhe ausziehen muß und durch die Zimmer segeln wie eine Wolke? Früher kam ich oft hierher, als noch Mama nebenan schlief. *Sie zeigt auf das Schlafzimmer von Thomas und Maria.*
Fräulein Mertens: Ja aber um Himmelswillen, wozu?
Regine *antwortet nur mit einer Schulterbewegung und klopft heftig an die Tür:* Thomas! Thomas!! So komm doch schon! Der Brief von Josef ist da.

THOMAS *von innen:* Gleich, Krählein; einen Augenblick. *Man hört aufschließen, er steckt den Kopf durch die Tür und gewahrt Fräulein Mertens.* Also dann noch einen Augenblick; ich dachte, du seist allein. *Er schließt wieder die Türe.*

FRÄULEIN MERTENS *geht herzlich auf Regine zu:* Sagen Sie mir, *was* wollen Sie eigentlich mit alldem beweisen?

REGINE: Beweisen? Aber Liebe, wie könnte ich etwas beweisen? Das ist mir ganz gleichgültig.

FRÄULEIN MERTENS *mit sanfter Hartnäckigkeit:* Ich meine, wenn Sie sagen, daß Sie Ihren ersten Mann, der vor Jahren hier gestorben ist, zuweilen wiedersehen.

REGINE: Dann sagen Sie mir, warum soll ich Johannes nicht sehn?

FRÄULEIN MERTENS *mit hartnäckiger Schonung:* Aber er ist doch gestorben?

REGINE: Ja. So gewiß, als wir hier stehn. Amtlich bestätigt.

FRÄULEIN MERTENS: Also dann gibt es das nicht!

REGINE: Ich will es Ihnen nicht erklären! Ich habe eben Kräfte, die Sie nicht haben. Warum nicht? Ich habe auch Fehler, die Sie nicht haben.

FRÄULEIN MERTENS: Ich habe das Gefühl: das alles sprechen Sie gegen Ihre Überzeugung.

REGINE: Was meine Überzeugung ist, weiß ich nicht! Aber ich weiß, daß ich mein Leben lang alles gegen meine Überzeugung getan habe!

FRÄULEIN MERTENS: Sie meinen es nicht ernst. Man hört hier so viel von Kräften, die man nur hier hat! Das ist der Geist dieses Hauses: Auflehnung gegen das, was sonst aller Welt genügt.

Thomas ist eingetreten. Noch nicht fertig bekleidet; was er angelegt hat, so, wie es einem schönen Sommermorgen entspricht. Er nimmt allerhand morgendliche Hantierungen auf, da ihm augenblicklich keine Aufmerksamkeit geschenkt wird.

REGINE: Oh, ich werde Ihnen etwas sagen: *Jeder* Mensch kommt auf die Welt mit Kräften für die unerhörtesten Erlebnisse. Die Gesetze binden ihn nicht. Aber dann läßt ihn das Leben immer zwischen zwei Möglichkeiten wählen, und immer fühlt er: eine ist nicht darunter; immer eine, die unerfundene dritte Möglichkeit. Und man tut alles, was man will, und hat nie getan, was man gewollt hat. Schließlich wird man talentlos.

FRÄULEIN MERTENS: Darf ich noch einmal den Brief sehn? Es ist ja doch sicher nur dieser Brief.

REGINE *gibt ihr ihn; währenddessen zu Thomas:* Josef wird – hierherkommen.

FRÄULEIN MERTENS: Was sagen Sie?! Wirklich?

REGINE: Bei Josef ist alles wirklich.

THOMAS *sehr – aber anscheinend nicht unangenehm – erstaunt:* Wann?

REGINE: Heute.

THOMAS *sieht nach der Uhr:* Dann ist er womöglich noch vor Mittag hier? *Atmet tief auf.* Das – geht rasch.

FRÄULEIN MERTENS: Ich bin überzeugt, Exzellenz Josef verlangt nichts als Offenheit und ein wenig Entgegenkommen. Sie werden in ruhiger, – *mit einer fühlbaren Spitze gegen Thomas* – ihn nicht verletzender Aussprache Ihr Verlangen nach Scheidung begründen. Und wenn der letzte Rest von Unaufrichtigkeit diesem Mann gegenüber gefallen ist – den Sie in Wahrheit nie als Ihren Mann betrachtet haben – wird aller Spuk von selbst von Ihren Nerven weichen. Sie waren eine Heilige! Sie brauchen doch nicht die Erfindung, daß Sie Ihren Mann mit einem Toten betrogen haben! *Sie stürzt sich mit Energie in den Brief. Thomas und Regine treten etwas beiseite.*

THOMAS: Ihr habt wieder von Johannes gesprochen?!

REGINE: Sie glaubt, daß ich lüge.

THOMAS: Sie versteht es nicht, sie nimmt es wirklich.

REGINE: Es ist auch wirklich!

THOMAS *legt ihr den Arm um die Schulter und tippt ihr an die Stirn:* Krählein, Krählein! Kleines, nasebohrendes Träumelinchen, das schon als Kind so beleidigt war, wenn es gelogen hatte oder Zucker gestohlen und von Mama Strafe bekam.

REGINE: Es ist beinahe wirklich. Es ist wahrscheinlich viel wirklicher als –

THOMAS *läßt sie nicht ausreden:* Du *hast* Unrecht: das ist das Ganze! Du *hast* unrecht; und es ist ja gleich, ob man es tut oder leidet. *Er hat sich vor sie gesetzt und hält brüderlich unbedacht ihre Knie umschlungen.* Ich habe jetzt auch immer unrecht. Aber je mehr man das fühlt, desto mehr übertreibt man. Man zieht sich die eigene Haut wie eine dunkle Kapuze mit ein paar Augen- und Atemöffnungen immer fester über den Kopf. *Wir* dürften jetzt die Geschwister sein, Regine.

REGINE *halb abwehrend:* Wahrhaftig, fühllos wie ein Bruder bist du immer gewesen, mochte mit mir geschehn, was wollte.

THOMAS: Ferngefühle, Regine; wie deine.

REGINE *macht sich los:* Das gefällt mir; – *mißmutig* – aber was heißt es?

THOMAS *ihr nach, eindringlich:* Nicht so prompt greifbar wie bei Anselm! Über den ganzen Umkreis verzweigt wie Wetterleuchten! Lieber scheinbar gefühllos. *Er bemerkt, daß Fräulein Mer-*

tens nach beendetem Lesen sich mitteilen möchte. Zu ihr: Nun, was schreibt Josef? Ist Seine Exzellenz, der Beherrscher der Wissenschaft und ihrer Diener, auf uns sehr böse?

REGINE: Er droht, daß er dich um Stellung und Zukunft bringen wird, wenn du uns nicht aus dem Haus weist.

FRÄULEIN MERTENS: Exzellenz Josef hat kein Recht dazu! Niemand kann etwas dagegen einwenden, daß Doktor Anselm Sie in das Haus Ihrer Frau Schwester und seines Freundes geleitet hat, wo Sie gemeinsam Ihre Kindheit verlebten. Er hat nur ein Recht auf Wahrheit. Wohlan, Sie werden ihm mit Wahrheit gegenübertreten; daß Sie die persönliche Überzeugung haben, nach der Scheidung Doktor Anselm zu heiraten, – *wieder mit einer fühlbaren Spitze gegen Thomas* – braucht man ihm ja wahrhaftig nicht zu sagen.

REGINE: Josef läßt sich nicht umstimmen wie ein Klavier.

FRÄULEIN MERTENS: Die lange pflichttreue Entsagung, die Gerechtigkeit, die Liebe, alle humanen Empfindungen sind auf Ihrer Seite. Er ist ein Mensch. Vertrauen Sie dem, was zwischen allen Menschen gilt, und Sie werden es nicht vergeblich getan haben! Ich muß allerdings fürchten, daß das Herrn Doktor gewöhnlich klingt.

THOMAS *scheinheilig:* Im Gegenteil, ich pflichte Ihnen bei. Wenn wir gleich so gehandelt hätten, hätten wir alles vermeiden können.

FRÄULEIN MERTENS *warm aus sich heraustretend:* Aber warum haben Sie so nicht immer gedacht??! Warum haben Sie dann jenen Brief geschrieben, in dem Sie sich darüber bloß lustig machten und Exzellenz Josef reizten, was ersichtlich die Ursache dieser Antwort ist?!

THOMAS: Weil ich ein Idealist war.

FRÄULEIN MERTENS: Verzeihen Sie, Herr Doktor, ich wage nicht zu bezweifeln, daß Sie ein Idealist sind – ein Gelehrter mit Ihrer Leistung muß es sein. Aber jeder Mensch ist gut und für edle Empfindungen zu gewinnen, auch Exzellenz Josef, und ich habe mir vorgestellt, ein Idealist müßte das tun, müßte es zu tun versuchen; ich habe mir unter –, ich habe mir einen Idealisten vorgestellt – – mit einem Wort: mit Idealen!

THOMAS *sie auslachend:* Aber liebes Fräulein Mertens, Ideale sind die ärgsten Feinde des Idealismus! Ideale sind toter Idealismus. Verwesungsrückstände – –

FRÄULEIN MERTENS: Oh, oh! Jetzt brauche ich nichts mehr zu hören; ich sehe, Sie machen sich doch wieder auch über mich nur lustig! *Sie hat schon vorher an der Tür gepocht und auf die Antwort gehorcht. Jetzt mit gekränkt beherrschter Miene ab.*

THOMAS *er ist mit einem Schlag verändert:* Du bist der einzige Mensch hier, mit dem ich sprechen kann, ohne daß er es mir mißdeutet: Sag' mir, was ist zwischen dir und Anselm nicht in Ordnung?

REGINE *widerspenstig:* Warum nicht in Ordnung?

THOMAS: Ihr wißt beide, daß mit euch etwas nicht in Ordnung ist. Hast du kein Vertrauen mehr zu mir?

REGINE: Nein.

THOMAS: Recht hast du! . . . Wir glaubten einmal neue Menschen zu sein! Und was ist daraus geworden?! *Er packt sie an den Schultern und schüttelt sie.* Regine! Wie lächerlich, was ist daraus geworden?!

REGINE: Ich habe keine Weltordnungspläne gemacht. Das wart ihr!

THOMAS: Ja, gut. Anselm und Johannes und ich. *Von der Erinnerung noch immer bewegt.* Es gab nichts, das wir ohne Vorbehalt hätten gelten lassen; kein Gefühl, kein Gesetz, keine Größe. Alles war wieder allem verwandt und darein verwandelbar; Abgründe zwischen Gegensätzen warfen wir zu und zwischen Verwachsenem rissen wir sie auf. Das Menschliche lag in seiner ganzen, ungeheuren, unausgenützten, ewigen Erschaffungsmöglichkeit in uns!

REGINE: Ich habe immer gewußt, es wird schon irgendwie falsch sein, was man denkt.

THOMAS: Ja, gut. Die Gedanken, welche schlaflos vor Glück machen, die dich treiben, daß du tagelang vor dem Wind läufst wie ein Boot, müssen immer etwas falsch sein.

REGINE: Ich habe währenddessen Gott gebeten um etwas ganz besonders Schönes für mich allein, das ihr euch gar nicht ausdenken könnt!

THOMAS: Und was ist daraus geworden?

REGINE: Was willst du sagen! Du hast alles erreicht, was du gewollt hast!

THOMAS: Hast du keine Ahnung, wie leicht das geht? Erst etwas langsam, aber dann: der beschleunigte Fall nach aufwärts! Auf der schiefen Ebene geht es ebenso leicht hinauf wie hinunter. – In einem halben Jahr bin ich Ordinarius, wenn ich mich mit Josef nicht rechtzeitig überwerfe. Ich habe in meinem ganzen Leben nichts so Beschämendes kennen gelernt wie den Erfolg. Nun kurz: Was steckt hinter Johannes?!

REGINE: Ihr alle könnt sprechen und euch damit helfen. Ich will nicht. Bei mir ist etwas nur so lange wahr, als ich schweige.

THOMAS: Man weiß nicht einmal, ist es schon Hochzeits- oder erst Verlobungsreise, und ihr lädt euch einen Toten dazu ein!

REGINE: Ich will nicht über Johannes sprechen!!

THOMAS: Aber du hast ihn doch niemals so – über alle Grenzen gemocht!? Und heute? Heute ist er selbst zum Ideal vorgerückt! – Anselm verbindet eine bestimmte Absicht mit dieser Geschichte: Welche?!

REGINE: Anselm verbindet mit allem, was er tut, eine bestimmte Absicht.

THOMAS: Nicht wahr?! Anfangs war es nicht so? Aber jetzt, wenn Maria zuhört, wird er einfach unerträglich. Alles, was er dann treibt, ist irgendein seelischer Betrug!?

REGINE *ruhig:* Ja, das ist es.

THOMAS *sieht sie fassungslos an. Dann erzwungen trocken:* Gut. Aber welchen Sinn hat das?

REGINE: Du wirst sogar sehn, er zieht sich zurück, wenn Josef da ist. Er wird darauf beharren, daß wir nur bei euch sind, weil Johannes hier starb.

THOMAS: Wir werden ja sehn, ob er es so auf die Spitze treibt.

REGINE: Er hat niemals gewollt, daß es so weit kommt.

THOMAS: Aber was hätte er denn wollen!?

REGINE *mit einem Unterton von Verachtung, den Thomas nicht bemerkt:* Ich habe ihn ja verführt!

THOMAS: Du ihn!? Du bist doch, weiß Gott, nie einem Menschen nachgerannt! Du hast doch Josef genommen, wie man den Schleier nimmt!

REGINE: Er war ergriffen über alles Maß, als wir uns so wiedergefunden hatten.

THOMAS *hastiger, als er will:* War es ihm schlecht gegangen?

REGINE: Es wird ihm immer schlecht gehn. Wenn er an einen Menschen nicht herankann, so ist er wie ein Kind, das die Mutter verloren hat.

THOMAS: Ja, ja, ja ...: Brudergefühle für alle Welt. Aller Welt Liebkind. Das ist ja doch auch, was er Maria vormacht.

REGINE *es liegt etwas leidenschaftlich Warnendes darin, das sie selbst nicht will:* Er wird von dem andren Menschen befallen wie von einer Krankheit! Er verliert völlig die Herrschaft über sich an ihn; er muß sofort einen Widerstand dazwischen aufrichten!

THOMAS: Was – Widerstand?

REGINE: Das verstehst du nicht. Ich kann es nicht sagen. Einen Widerstand. Ein häßliches Gefühl. Das Ausholen zu etwas Bösem.

THOMAS: Du behauptest wenigstens von dem Unsinnigen ganz einfach: es ist; so warst du immer; je mehr du gefühlt hast, daß man dir nicht glauben kann, desto wahrer ist es für dich gewesen.

Aber er sagt gar nicht; es ist; nur – *eine empfindsame Ausdrucksweise nachäffend* –: Es könnte ja sein . . . Für ein Übermaß von Gefühl. Er läßt ungewöhnliche Erlebnisse: durchblicken. Er umgibt sich und sein Leben mit Geheimnis. Regine: Hat er etwas zu verheimlichen?

REGINE *kommt nahe zu ihm; eindringlich:* Er wird zusammenbrechen und etwas Verzweifeltes tun, wenn du ihn störst! Wenn du ihn auch nur zum geringsten zwingst, das nicht zu der Haltung paßt, die er Maria vormacht!

THOMAS: Aber du glaubst doch nicht, daß das echt ist?!

REGINE: Natürlich ist es falsch.

THOMAS: Also? . . . So sprich doch!

REGINE: Aber doch ist es echt. *In einem Ausbruch von Verzweiflung.* Hast du denn niemals falsch singen hören mit echtem Gefühl?! Warum soll nicht jemand mit falschen Gefühlen echt fühlen?! Bau' nicht darauf, daß er sich das dir zum Trotz nur einredet! Glaub' nur, daß man sich für ein Gefühl töten kann, das man nicht ernst nimmt!! Man nimmt doch auch etwas nicht ernst und lebt es; wie wir alle.

THOMAS *eigensinnig:* Wir werden ja sehn, was daran ist, wenn Josef kommt. *Dann verändert.* Aber Regine, trotz allem: ich werde immer glauben, daß wir einander alle so nahe sind wie die zwei Seiten eines Kartenblatts.

REGINE *leidenschaftlich, in einem Gemisch von Angst, Spott und Warnung:* Opfre dich nicht! Treib uns fort! Du bist viel zu stark, um Schwache zu verstehn. Du bist zu – hell, um Unehrliche zu durchschaun.

THOMAS: Und er? Aber er ja auch! Regine, er *kann* ja nicht lügen! Er kann nur – *Maria und Fräulein Mertens treten ein und warten, Maria den Brief in der Hand* – in einer . . . mehr verwickelten Weise wahr sein. Von irgendwo an hätte in ihm wie in jedem geistigen Wesen Wahrhaftigkeit nicht mehr die Lüge zum Gegensatz, sondern die Armut!

REGINE *verhärtet*: Ja, vielleicht hast du recht; man soll es lassen, wie er will.

MARIA *sanft und langsam:* Ich meine, wir müssen doch daran denken, einige Vorbereitungen zu treffen wegen Josef.

THOMAS *aus seinen Gedanken gerissen, dann mit etwas Spott in der Stimme:* Ja natürlich, Josef, wir müssen Vorkehrungen treffen.

MARIA: Er kann jeden Augenblick hier sein. Hast du denn seinen Brief nicht gelesen?

THOMAS: Nein; ich habe vergessen. *Er wendet sich zu Regine.*

MARIA: Ich habe ihn ja. Er schreibt, daß er kommt, um mit *dir* zu sprechen. Daß du Anselm und Regine gemeinsam beherbergst, nennt er Beschützung einer Entführung und eines Ehebruchs –

FRÄULEIN MERTENS *zu Maria:* Nein, von Ehebruch soll nicht die Rede sein, ich bin Zeuge.

MARIA: – Und wenn du der unklaren Situation in deinem Hause kein Ende bereitest, so wird er die Konsequenzen daraus ziehn.

FRÄULEIN MERTENS: Ich bin Zeuge, daß etwas – so Primitives bei einer Frau, deren Gewissen schon verlangt, einem Toten die Treue zu wahren, und bei einem Mann, der sich mit so unsagbarem Zartgefühl einer Leidenden annimmt, gar nicht in Betracht kommt.

MARIA: Ja, ja; aber Thomas hat ihm nun einmal diese Waffe förmlich in die Hand gedrückt. *Zu Thomas.* Er glaubt, daß du bei persönlicher Aussprache als ein Mann ruhiger Überlegung, wie er sagt, einsehen wirst –

THOMAS: Gehn wir zum Beispiel doch einfach alle weg; machen wir einen Ausflug.

MARIA: Aber abends müßten wir dann doch wieder zurück sein und er würde warten.

REGINE: Kann er dir wirklich schaden?

THOMAS: Das kann er natürlich.

REGINE *mit der Befriedigung, die man über die Vollendung auch von etwas Unangenehmen hat:* Dann tut er es; du darfst ihn nicht unterschätzen. Solange die Sache außen zusammenhielt, hat er alle Launen, allen Abscheu, Szenen wie ein Lamm ertragen. Er hatte wohl von Glück immer die Vorstellung, daß es eine Anstrengung sei. Und wenn es sich strapaziös erweist – gut; das kann schon so sein, das versteht er nicht; im Gegenteil, das ist ein gewisser Ernst. Aber gegen das geringste öffentliche Ärgernis wird er sich verzweifelt wehren!

MARIA: Er nennt sie jetzt schon eine Potiphar.

FRÄULEIN MERTENS: Eine Märtyrerin der feineren Organisation!

REGINE: Aber auch von Anselm behauptet er –

MARIA: Da widerspricht er sich aber selbst, denn gleichzeitig argwöhnt er doch, nicht wahr, Ehebruch?

REGINE: Von Anselm behauptet er, daß er ein gezwungenermaßen keuscher – *sie reißt Maria den Brief weg.*

THOMAS: Aoh?

MARIA: Regine, du bist unzart!

REGINE: Aber das sind ja doch *seine* Worte! Daß er ein gezwungenermaßen keuscher Lüstling sei.

THOMAS: Aber das ist ja interessant. *Er nimmt Regine den Brief aus der Hand.* Warum sagt ihr das nicht gleich?

MARIA: Lüstern steht nicht in dem Brief; er sagt nur, daß sie sich gegenseitig verführt haben und verwirrt.
REGINE: Und ein Schwindler!
THOMAS: Ein Schwindler? . . . *Er sucht die Stelle.*
REGINE: Auf der dritten Seite.
THOMAS: Ein liebeunfähiger Schwindler. Ein Vampir. Abenteurer. Was bringt ihn auf diese Ideen?
REGINE *zuckt koboldig die Achseln:* . . . Nichts . . .
MARIA: Man darf es ihm vielleicht nicht so übelnehmen. Gewiß erniedrigt ihn Eifersucht und er verleumdet, weil er fühlt, wie sehr ihm Anselm überlegen ist.
THOMAS: Ja, aber das ist fast visionär . . .! Schließlich ist Anselm bald Mitte Dreißig, und was hat er geleistet?
MARIA: Ich denke, er war doch Privatdozent wie du.
THOMAS: Ein Jahr lang und vor acht Jahren! Dann hat er die Dozentur niedergelegt und war verschollen. Und merkwürdigerweise hat eine gewisse scheinbare Wahrscheinlichkeit, was Josef schreibt. *Er sucht boshaft noch einmal die Stellen in dem Brief.* Er hat sich unter der Maske einer Durchschnittsgesinnung bei Josef eingeführt; als teilnehmender Freund; mit Sympathiegefühlen für alle Welt; als bescheidener Idealist . . . Wir wissen aber doch, wie er früher war: Was ist Anselm nun in Wahrheit geworden?
MARIA: Du bist taktlos!
THOMAS: Aber Fräulein Mertens verehrt Anselm doch so, daß sie das gar nicht hört.
MARIA: Er *ist* ein bedeutender Mensch!
THOMAS *anzüglich:* O gewiß. Wahrscheinlich. Er hat Ideen! Natürlich. Aber – hat er Ideen? Wirkliche? Nicht nur so wie heute jeder Zweite? Das läßt sich gar nicht so leicht entscheiden. *Nachdenken parodierend.* Hat er große Gefühle? Aber eine Leidenschaft, mag sie sein, wie sie will, wird so groß, wie es der Mensch ist, dessen sie sich bemächtigt.
FRÄULEIN MERTENS: Er hätte sich beinahe getötet, als das Gelingen der Abreise bedroht zu sein schien!
THOMAS: In der Tat? Hätte sich? Und beinahe? Es kommt eben auf die Verwandlungsfähigkeit des Gefühls an; ein abgerissener Strick war die Nabelschnur vieler großen Werke und nur ein dummer Mensch hängt sich einfach wirklich auf.
REGINE: Aber ein Schwindler?
THOMAS: Gerade darin ist es ja visionär; auch ein Schwindler hängt sich nur beinahe auf; den ersten Schritt haben großer Mensch und Schwindler eben gemeinsam.

Bei den Frauen is Anselm schlicht – bei den Männern verhasst

FRÄULEIN MERTENS: Oh, ich fürchte sehr, daß Sie mit solchen Reflexionen nur Ihrer Eingenommenheit gegen Doktor Anselm Ausdruck geben.

THOMAS: Sie irren, Fräulein Mertens; schlecht wie ich bin, habe ich nie im Leben einen Freund zu haben verdient – und das war Anselm.

MARIA *abschließend:* Anselm ist gewiß auch ein bedeutender Mensch; man muß wirklich nicht gleich so unnötige Vergleiche wählen. Du hast damit schon in deinem Brief alles heraufbeschworen.

FRÄULEIN MERTENS: Exzellenz Josef beruft sich nun auf Ihre eigenen Worte!

MARIA: Und hast ihm eingegeben, daß sie vor ihm geflohen sind.

THOMAS: Unbestimmte Menschen vor dem bestimmten!

MARIA: Gut, Thomas, ich will nicht rechten; aber längstens in drei Stunden ist Josef da und verlangt eine Entscheidung. Was soll geschehn?

THOMAS: Nichts.

MARIA: Nichts?

FRÄULEIN MERTENS *gleichzeitig:* Nichts!

THOMAS: Es wird sich schon zeigen. Anselm und Regine bleiben natürlich.

MARIA: Also wirst *du* mit Josef sprechen? Denn Anselm weigert sich, es zu tun.

THOMAS *betroffen:* Anselm weigert sich . . .? – *fast schreiend* – Er weigert sich! *Er sieht Regine an, die sich mit Fräulein Mertens zu gehen anschickt.*

REGINE *spöttisch:* Er hat Widerstände!

MARIA *im Begriff, sich wieder ins Schlafzimmer zurückzuziehn:* Weil du diesen Brief geschrieben hast.

THOMAS: So werde ich Josef mit einem Fest empfangen!

MARIA, FRÄULEIN MERTENS, REGINE *noch einmal festgehalten:* Mit einem Fest? . . ? ! . . ?

THOMAS *grimmig:* Mit einem Fest, zum Teufel, das ihn erst recht in die Laune bringen soll. Was es an leer gewordenen Kokons gibt, aus denen je der Schmetterling der menschlichen Verzückung emporgetaumelt ist, hänge ich rings um ihn auf! Negertanztrommeln, Gefäße für den göttlichen Urinrausch, Federtalare, in denen das Männchen vor dem Weibchen tanzt!

MARIA *in der Tür:* Aber der Mann ist ja wütend. Er ist sicher entschlossen, dich fallen zu lassen, wenn du dich weiter unklug aufführst!

Ab. Thomas sieht hinter Regine drein, macht einige Schritte ihr

nach; da sie aber langsam, ohne es zu bemerken, mit Fräulein Mertens dem Ausgang zuschreitet, kehrt er um und folgt unwillig Maria.

FRÄULEIN MERTENS *an der Tür stehen bleibend:* Sie sind im Recht, Sie dürfen sich durch nichts ins Unrecht setzen lassen. Verhindern Sie dieses Fest!

REGINE: Thomas ist nicht zu hindern, wenn er sich etwas in den Kopf setzt.

FRÄULEIN MERTENS: Dann lassen Sie uns weiter fliehn!

REGINE: Thomas hat seine ganze Existenz für Anselm eingesetzt.

FRÄULEIN MERTENS: Und ist dieser wunderbare Mensch nicht viel mehr wert?! Aber Doktor Thomas wird Ihre Sache verderben. Ich beschwöre Sie, entziehen Sie sich seinem Einfluß; reisen wir mit Anselm weiter!

REGINE: Anselm will nicht abreisen.

FRÄULEIN MERTENS: Ich verstehe; ein Ehrenmann; will nicht fliehn. So wird er selbst mit Exzellenz Josef sprechen; er hat ja in so bezauberndem Maße die Gabe der Rede.

REGINE: Wozu? Es ist ja ausgeschlossen, daß ich Anselm heirate.

FRÄULEIN MERTENS: Aber wie mutlos! Merken Sie denn nicht, daß Doktor Anselm sich bloß deshalb geweigert hat, mit Exzellenz Josef zu sprechen, weil er durch Ihren Vetter Thomas verletzt ist? Doktor Thomas durchkältet alles mit seinen theoretischen Überlegungen.

REGINE *geheimnisvoll:* Aber Liebe, merken Sie denn nichts? Merken Sie denn gar nichts?

FRÄULEIN MERTENS: Was sollte ich merken?

REGINE: St! Leise! *Sie beugt sich vorsichtig aus dem Fenster, um nachzusehn, ob Anselm nicht horcht.* Oh, man ist nie sicher vor ihm ..: Merken Sie denn nicht, daß Anselm Maria liebt?

FRÄULEIN MERTENS: Aber das ist ja Verbrechen, was Sie sagen! Ihre Frau Schwester! Die Frau seines einzigen Freundes! Nein, nein, – *faßt sie am Arm* – Regine! Ach, diese dummen, dummen Einbildungen, so klug Sie sonst sind!

REGINE: Aber warum nicht? Was wäre dabei?

FRÄULEIN MERTENS: Was wäre dabei?! Sprechen Sie nicht so abscheulich!

REGINE: Sie überschätzen das rasend: Vor ihm steht ein neuer Mensch: er ist neugierig; vielleicht . . . ergriffen. Aber was sage ich ein neuer Mensch? Zufällig hat nicht er, sondern Thomas Maria geheiratet.

FRÄULEIN MERTENS *die Entrüstung fallen lassend:* Ich dachte, fast zufällig hätten *Sie* damals Johannes und nicht ihn geheiratet?

Regine: Oder nicht Thomas, das war bei uns fast alles eins. Nun sieht er in seinem eigenen Anzug, den er weggegeben hat, einen andren Menschen gehn: das *ist* geheimnisvoll. Das ist doch überhaupt nicht so eine dumme Geschichte, die mit einem Weib anfängt, sondern das fängt bei ihm irgendwo an und tobt sich nur bei einer Frau aus! – Ja! Doch! – Liebe ist gar nie Liebe! Ein körperlich Antreffen von Phantasien ist es! Ein Phantastischwerden von – *wie ihre Augen, nach einem Vergleich suchend, wandern* – Stühlen ... Vorhängen ... Bäumen ... Mit einem Menschen als Mittelpunkt!

Fräulein Mertens: Oh, kommen Sie, kommen Sie! Um Doktor Thomas herrscht eine Atmosphäre, die Ihnen schlecht tut. Wir wollen vor dem Frühstück noch ein wenig ins Freie. *Sie zieht die unlustig Widerstrebende mit sich. In der Nähe der Ausgangstür – das Gespräch hatte sie wieder ins Zimmer zurückgeführt – noch einmal stehenbleibend.* Und Frau Maria?

Regine: Meine Schwester ist eine dicke dumme Katze, die einen Buckel macht, wenn man sie kraut.

Ab. In der Tür lassen sie ein Hausmädchen an sich vorbei, das ein Frühstücksbrett abstellt, an der Schlafzimmertür pocht und wieder das Zimmer verläßt, während Thomas und Maria eintreten.

Thomas *am Fenster tief Atem schöpfend:* Ich wachte auf, wollte mit dir sprechen, machte Licht: da lagst du mit offenem Mund, weggesunken ...

Maria: Du bist abscheulich; warum hast du mich nicht geweckt?

Beide beginnen ihre Toilette zu vollenden.

Thomas: Ja, warum? Weil ich mich beinahe aufgekniet hätte wie ein Einsiedler! So häßlich und stumm lag dein großer Körper da. Er rührte mich so.

Maria: Ich darf nicht einmal mehr ruhig schlafen.

Thomas: Wenn man nie allein ist –

Maria: Und jahrelang verheiratet ist: ja, ja ja! Ich halte das wirklich nicht mehr aus!

Thomas: Wenn man solang verheiratet ist und immer auf vier Füßen geht und immer Doppelatemzüge macht und jede Gedankenstrecke zweimal geht und die Zeit zwischen den Hauptsachen doppelt voll mit Nebensachen geräumt ist: Da sehnt man sich natürlich manchmal wie ein Pfeil nach einem ganz luftdünnen Raum. Und fährt auf in der Nacht, erschreckt von den eignen Atemzügen, die eben noch so gleichmäßig dahingegangen waren ohne einen selbst. Aber hebt sich nicht los. Kniet sich nicht einmal wirklich auf. Sondern reibt ein Zündholz an. Und da liegt noch so einer in Fleisch gewickelt. Das erst ist Liebe.

MARIA *hält sich die Ohren zu:* Ich kann das nicht mehr hören.
THOMAS: Empfindest du denn niemals Haß gegen mich?
MARIA *läßt sofort die Hände wieder sinken:* Ich? Haß?
THOMAS: Ja, geradezu Haß. Ich würde glauben, heute morgen. Du gingst bloßfüßig mit deinem ganzen Gewicht und ich stand da, klein und schmerzend in der Öffnung des Raums und meine Bartstoppeln ragten scharfbrüchig in die Passage. Hast du mich da nicht gehaßt wie ein Messer, das dir immerzu im Weg liegt?
MARIA *schmerzlich ruhig und überzeugt:* Das ist das Ende der Liebe.
THOMAS *jubelnd:* Nein! Der wahre Anfang! So versteh doch: Liebe ist das einzige, was es zwischen Mann und Frau überhaupt nicht gibt! Als einen eigenen Zustand. Das wirkliche Erlebnis ist einfach: ein Erwachen. *Lebhaft.* Ich habe dich neben mir aufwachsen gesehn: brüderlich, aber natürlich nicht ganz mit der Teilnahme wie für mich selbst. Dann habe ich dich, verzeih den Ausdruck, – *er deutet mit einer spöttischen Gebärde ihre Hoheit an* – immer weiter wachsen gesehn. Über mich hinaus. Und einmal passiertest du den Augenblick, da erschienst du mir so übergroß und unermeßlich wie die Welt. Das war der Blitzschlag, der Rausch. Alles, was mich umspannte, Wolken, Menschen, Pläne, war noch einmal von dir umspannt, so wie man den Herzschlag des Kindes unter dem der Mutter hört. Das Wunder der Öffnung und Vereinigung hatte sich vollzogen. *Abschwächend.* Oder wie immer diese Terminologie es ausdrückt.
MARIA: Und heute ist es, wie wenn wir im Rinnstein geträumt hätten.
THOMAS: Wenn du willst, ja. Wir erwachen noch einmal und liegen im Rinnstein. Fettmassen, Skelette; eingenäht in einen gefühlsundurchlässigen Ledersack von Haut. Die Ekstase verraucht. Aber es wird das sein, was wir daraus machen. Die wahre menschliche Herbheit liegt erst darin, alles andre ist ja doch eine verkleinernde Übertreibung.
MARIA: Ich wollte nichts als deinen Erfolg. Wenn du, müde von zuviel Arbeit, erst um zwei Uhr, drei Uhr morgens ins Schlafzimmer kamst, mürrisch wie ein Kind, verstand ich dich. Was du getan hast, wußte ich nicht, aber es war mein Glück, mein Wert als Mensch; ich konnte sicher sein, dieses Unbekannte war ich. Aber jetzt ist es anders. Du hast dich losgemacht von mir.
THOMAS: Weil ich nicht sehen kann, wie du in die Honigfalle kriechst!
MARIA: Wie du sprichst!
THOMAS: Er umschmeichelt dich. Weil er eitel ist und sich nicht

versagen kann, von dir dankbar bewundert zu werden.

MARIA: Seine Übertreibungen sind mir oft geradezu unheimlich.

THOMAS: Aber du läßt dich von diesem widrig süßen Zeug beeinflussen.

MARIA: Ich bin keine solche Gans, die immer nur «Liebe», «Liebe» schnattert! Aber glaubst du nicht, daß auch ich manchmal das Gefühl habe, man sollte Besseres mit sich anfangen als dieses eingelebte Leben?!

THOMAS: Seit Anselm hier ist. Er hindert dich, mich zu verstehn.

MARIA *sich zusammennehmend, geht zu ihm:* Aber du, du selbst hast von ihm geschwärmt, bevor er kam; und noch, als er da war! Du hast gesagt, er hat, was uns fehlt!

THOMAS: Und was ist das?

MARIA: Frag doch nicht; mir hat nichts gefehlt. Aber jetzt, nur weil dir etwas durch den Kopf gefahren ist, willst du ihn durchaus wieder schlecht machen; rein als Kraftprobe, so bist du eben.

THOMAS: Sag' es nur, wie ich bin.

MARIA: Ohne lebendige Anteilnahme an einem andren bist du. All das kommt dir gar nicht aus dem Herzen – das ist das Entmutigende!

THOMAS: Sondern aus dem Kopf?

MARIA *aufgeregt:* Aber ich kann dieses ewige «tätig sein» und Spielen mit der ganzen Existenz wirklich nicht mehr aushalten! Ist denn nichts wert, anerkannt und in Ruhe gelassen zu werden?!

THOMAS: Da wiederholst du eben nur – Aber ich kann dir jetzt nicht antworten, Seine Heiligkeit ist da! *Anselm, bis zur Brust sichtbar, ist in der Fensteröffnung aufgetaucht.*

ANSELM: Wie haben Sie heute geschlafen?

MARIA *unfreundlich:* Wie zeremoniös Sie fragen!

ANSELM: Sie müssen wie die Erde selbst schlafen.

MARIA: So fest oder immer nur auf einem Auge, meinen Sie?

ANSELM: Ich denke mir, daß ein Kranz grüner Berge um Sie wächst, wenn Sie ruhig liegen.

Es entsteht eine kleine Verlegenheitspause.

MARIA: Thomas hat mich gestört, er war schrecklich unruhig heute. *Sie wird verlegen.* Nein – daß heißt – – nun warum soll man so etwas denn schließlich nicht sagen?!

ANSELM *ironisch:* Aber natürlich, warum nicht ...? Was ist, soll man sagen!

THOMAS: Und was denkst du wegen Josef?

MARIA: Regine wird ihm doch noch gar nicht den Brief gezeigt haben.

ANSELM: Nein. Ich habe Regine noch nicht gesprochen.

THOMAS: Sie kann nicht weit sein. Es hat sie sehr aufgeregt.

Maria *da Anselm zögernd Miene macht, sich zurückzuziehen:* Nein, da. Ich habe ja den Brief. Erst müssen Sie natürlich lesen. *Sie gibt Anselm den Brief. Thomas bleibt bei offener Tür eine Weile im Schlafzimmer. Anselm hört sofort auf zu lesen und starrt Maria an.*

Maria: So lesen Sie doch.

Anselm klettert durchs Fenster ins Zimmer.

Anselm: Haben Sie nie geträumt, daß ein Mensch, den Sie zärtlich bis ins Letzte kannten, Ihnen im Traum als fremder andrer entgegentrat, bis in die kleinste Gebärde marternd vermengt aus Verlangen und Besitz?

Maria: Was dann geschieht, ist unruhig wie ein Haufen Laub, unter dem etwas versteckt ist, das in jedem Augenblick aufspringen kann?

Anselm: Nun gut, Maria; ich war früher Ihr Freund, als Sie das Mädchen Maria waren, und nun leben Sie unter dem Namen Thomas' und ich kann nicht aufspringen.

Maria: Aber Sie betrachten sich ja fortwährend im Spiegel dabei!

Anselm *ertappt:* Glauben Sie denn, daß ich mich sehe? Gott ja, so einen Fleck im Spiegel. Augen sind Hände, die man lebenslang nicht wäscht; so behalten sie die schmutzige Gewohnheit, alles anzurühren. Das kann man nicht hindern. Manchmal möchte ich sie mir ausglühen, damit sie, von allen Berührungen gereinigt, nur noch Ihr Bild bewahren.

Maria: Gott, Gott, Gott, Anselm!

Anselm: Ja, das finden Sie lächerlich; weil Sie es für eine Übertreibung halten, die der gute geistige Geschmack meidet. Auch so ein anmaßender Wächter. Wie blaß würde dieser durchgeistigte Geschmack, wenn die Augen plötzlich wirklich am glühenden Stahl naß aufzischen würden? Und triefend austropfen?!

Maria: Pfui! Wühlen Sie sich nicht wieder in diese ekelhaften Bilder hinein!

Anselm *heftig:* Unerbittlich würde ich ein Messer auch Ihnen im Herz umdrehn! Wenn ich Sie von der Schwelle nur noch einmal zurückholen könnte. Wo die Frauen ihr Korsett ablegen müssen. Die erborgte «Haltung». Die Tragtierverständigkeit, auf die sie alles nehmen, Kinder und Kranke, Männer und den gedankenlosen Mord in der Küche.

Maria: Nun fangen Sie aber endlich zu lesen an! Wir haben wahrhaftig Dringenderes zu sprechen.

Anselm *durch ihre Entschiedenheit besänftigt:* Oh, es ist so herrlich, daß Sie mich nie überraschen können. Ich weiß alles voraus, was Sie tun werden. Als schmerzlich gespannte Knospe fühle ich es vorher in mir.

Maria: Natürlich, die paar Einfälle eines Hausverstandes sind leicht zu erraten!

Anselm: Ich will keine ungewöhnlichen Erlebnisse! Die täglichen Menschenerlebnisse sind die tiefsten, wenn man sie von der Gewohnheit befreit. *Leise.* Das ist es, was er nicht weiß. Und Sie kennen sich selbst nicht mehr. Sein Einfluß hat Sie verkleinert.

Maria: Ich habe Ihnen schon darauf geantwortet: Ich liebe Thomas.

Anselm: Ich frage nicht, ob Sie ihn lieben; darauf gibt es gar keine Antwort! . . . *Sich zusammennehmend.* Entscheiden Sie, ob es das ist, was ich Ihnen jetzt erzählen werde. Ich wurde einmal von einer Weide –: ergriffen. Auf einer weiten Wiese und außer mir stand nur dieser Baum. Und ich konnte mich kaum aufrecht erhalten, denn was sich in diesen Ästen so einsam verzerrt und verknotet hatte, diesen gleichen schrecklichen Strom Lebens, fühlte ich in mir noch warm und weich und er wand sich. Da warf ich mich auf die Knie! *Er wartet vergeblich einen Augenblick auf die Wirkung.* Das ist das ganze Erlebnis. Auch Ihnen gegenüber.

Maria: Anselm . . . solche Übertreibungen haben wenig Wert. Sie haben das empfunden; aber nicht einmal hingeworfen haben Sie sich wirklich.

Anselm: Nein? . . .! Thomas hat wahrhaftig alle Tiefe in Ihnen zerstört.

Maria: Sie benehmen sich häßlich gegen mich und Regine.

Anselm: Wer, wie Sie, nicht mehr hingeworfen wird, sollte nicht tadeln! Ich habe alles, was ich im Leben hätte erreichen können, immer wieder preisgeben müssen. Weil man stolpert, wenn man glaubt. Aber weil man nur so lange lebt, als man glaubt!!

Maria *ängstlich und unruhig:* Lesen Sie; Thomas will doch mit Ihnen sprechen.

Anselm: Ich werde Ihnen lieber noch ein Beispiel erzählen: Als ich Mönch war –

Maria: Wie? Sie waren Mönch?

Anselm: Still!! Das darf Thomas unter keinen Umständen wissen!

Maria: Aber Anselm, jetzt erzählen Sie mir eine Unwahrheit.

Anselm: Ihnen werde ich nie eine Unwahrheit erzählen. In Kleinasien war es, am Berg Akusios. Durch ein kleines, ohne Glas in die Mauer geschnittenes Fenster sah ich von meiner Zelle das Meer –

Maria *abwehrend:* Lesen Sie! Lesen Sie!

Anselm will nicht, aber man hört Thomas sich nähern und Anselm sieht in den Brief.

Maria: Was Sie alles in der Zeit getan haben mögen, während wir hier gesessen sind.

Sie nimmt ihre Beschäftigung wieder auf. Thomas tritt ein.

THOMAS: Du bist noch nicht zu Ende?

MARIA: Lesen Sie nur nochmals. *Anselm sucht ihren Blick festzuhalten, um das in dieser kleinen Hilfe liegende Einverständnis zu vertiefen, sie weicht aber seinem Auge aus. Anselm zuckt mißmutig die Achseln, dann überfliegt er den Brief.* Thomas will Josef mit einem Fest empfangen, um ihn noch mehr zu reizen. Aber ich will nicht, daß wir uns so betragen. Josef ist unser Nahverwandter, das muß sich finden!

THOMAS *in seinem scheinbar spielenden Ton:* Ich möchte Anselm hören!

Er setzt sich und sieht Anselm zu. Es tritt eine gespannte Pause ein. Anselm, steigend dadurch beunruhigt, sieht endlich langsam auf; in der Tiefe der Augen fest sich an einen Vorsatz haltend.

ANSELM: Dein Brief hat alles verdorben.

THOMAS: Also mein Brief. – Aber du warst doch einverstanden mit ihm?

MARIA: So muß Thomas eben versuchen, es wieder gutzumachen!

ANSELM: Nein, Thomas darf nicht mit Josef sprechen; das lasse ich nicht zu!

THOMAS *lauernd:* So sprichst – – eben du selbst mit ihm?

ANSELM *den Brief hinwerfend:* Ich kann nicht.

THOMAS: In der Tat. Du kannst nicht? *Er sieht prüfend Maria an.*

MARIA: Ja, wollen Sie im Ernst auf sich sitzen lassen, was Josef Ihnen vorwirft?!

ANSELM: Ich weiß nicht, was ich Ihnen antworten soll. Ist nicht der Sinn, ich sei ein Betrüger?

THOMAS: Ja.

ANSELM: Und – – bin ich es denn nicht wirklich? Ist denn nicht jeder Mensch, der einen andren ergreifen – – verstehen Sie, um wieviel gewaltsamer als mit Armen! – – und überzeugen möchte, – *stark* – trotzdem niemand seiner Sache bis in den Mittelpunkt sicher sein kann! . . . ein Betrüger?

MARIA *unwillig, während Thomas unwillkürlich ihren Eindruck prüft:* Das ist überempfindlich!

ANSELM *unruhig werdend:* Ich weiß selbst nicht, hatte ich den Wunsch, Regine zu retten oder Josef etwas anzutun. Man ist manchmal so groß und übermütig wie in einem Traum. Heute bereue ich es.

MARIA *gefesselt:* Was bereuen Sie, Anselm? Sprechen Sie doch, solange es Zeit ist!

ANSELM: Ich weiß nicht, was ich Josef erwidern soll; jedes Recht, das einer im Herzen fühlt, ist ungeheuer ansteckend. Lassen Sie mich.

MARIA: So sprechen Sie doch.

ANSELM: Man hat etwas getan; es ist unwiderruflich. Man hat einen andren wie ein Ungeziefer zerdrückt. Unter der Stiefelsohle. Aber mit einemmal steigt der Andere an. Wie in einem zweischenkligen Glas steht er nach einer Weile in uns ebenso hoch, wie er in sich steht, der andere Mensch! Er strömt in uns herüber und nagelt uns fest! Man muß nur nicht gering denken wollen, – *wie bedroht* – dann erschließt er sich, der andere Mensch!

THOMAS *der gespannt die Wirkung auf Maria beobachtet hat:* Dann gibt es nur eins: Ohne allen Aufwand tun, was alle Welt täte, einen kleinen praktischen Druck auf Josef ausüben. Man nimmt einen Detektiv und einen guten Advokaten; ein schmerzempfindlicher Punkt wird sich auch bei Josef irgendwo finden lassen.

MARIA *entsetzt:* Auf solche Mittel würdest du dich einlassen?!

THOMAS: Josef hat mir einmal etwas anvertraut. Vor langem. Wir hätten einen Detektiv nur auf nähere Umstände loszulassen, und wenn Josefs Seele auch unschuldig war, – *anzüglich* – die Tatsachen lassen sich verknüpfen! Die Tatsachen geben gern den Seelen unrecht. Oder nicht, Anselm?

MARIA: Aber das wäre ja eine Niederträchtigkeit! Josef hat dir zeitlebens nur Gutes erwiesen!

THOMAS: Und ich ihm ja auch, wo ich nur konnte! Auch jetzt bin ich ihm ehrlich erkenntlich und könnte ihm ebensogern etwas Gutes antun, wenn die Gelegenheit anders wäre.

MARIA: Du bist nicht wiederzuerkennen. Wenn du nicht immer ein anständiger Mensch warst, wüßte ich nicht wer.

THOMAS: Wer? Anselm. Weil er den Detektiv ablehnen wird.

MARIA: Thomas, das ist nur ein Ausbruch von Überreiztheit! Das ist nicht dein Ernst! Du beträgst dich ja wie ein Schuft!

THOMAS: Anselm, was ist dabei? Darf ich nicht? Bin ich denn einer? Bin ich denn einer, daß ich nicht darf?

ANSELM: Du weißt ja voraus, daß ich Marias Meinung bin! Du läßt dich zu etwas hinreißen, das du nicht verantworten kannst.

THOMAS: Ein Detektiv wäre nichts als das Zeichen, wie wenig uns diese blöden Verwicklungen angehn, von denen er lebt. Wer unberührbar von ihnen ist, kann sich ihrer bedienen!

MARIA: Thomas ist gleich so extrem!

ANSELM *mit höhnischer Bescheidenheit:* Oh, er hat vielleicht recht. Wer einen Neuen Menschen in sich birgt, hat natürlich wenig Zartgefühl.

THOMAS: Du könntest also nicht?

MARIA: Thomas, wenn du das tun kannst, hast du wahrhaftig nicht ein bißchen menschliches Gefühl!

THOMAS *lächelnd, aber mit Mühe die Stimme zum Scherz zwingend:* Anselm, sollte also einer von uns beiden in dieser Frage ein Schuft bleiben: du kannst es nicht sein! *Er geht, um seine Beherrschung nicht zu verlieren, rasch ins Nebenzimmer; die Türe bleibt offen.*

ANSELM *höhnisch:* Reformatoren müssen wahrscheinlich gefühllos sein; wer die Welt um hundertachtzig Grad drehen will, darf nicht inniger als durch Gedanken mit ihr verflochten sein.

MARIA: Aber Sie sind doch hergereist, gerade um mit ihm wieder beisammen zu sein!

ANSELM: Und dann kommt eine Zeit, wo ich mich selbst verleugne. Wo ich mich losreißen muß – – wie eine Heuschrecke, die ihr gefangenes Bein in der Hand eines Stärkeren läßt.

MARIA: Sie sind mir unverständlich.

ANSELM *lächelnd:* Ich habe Angst.

MARIA: Das sind schließlich doch nur Worte.

ANSELM *ernst:* Ich habe wirklich Angst.

MARIA: Worte!

ANSELM: Vor jedem Menschen, den ich nicht bestechen kann, an mich zu glauben, dem ich mich nicht etwas geben fühle oder gar etwas nehme, fürchte ich mich.

MARIA: Aber was wollen nun Sie?

ANSELM: Ich kann es ja nicht mehr wissen! Thomas gestattet mir nicht, zu mir zu kommen!

MARIA: Ich *will*, daß Sie sich mit Thomas aussprechen. Schließlich sind Sie doch ein Mann!

ANSELM: Ich weiß nicht, wie Sie sich einen solchen vorstellen. Es ist kein Zeichen von Stärke, wenn man nie schwach wird. Ich kann nicht!

MARIA: Am Ende fürchten Sie sich wirklich vor Josef? Am Ende sind Sie furchtsam?

ANSELM: Ja. Wenn ich nicht empfinden mache und deshalb selbst nicht empfinden kann, bin ich grauenhaft furchtsam; jenseitig furchtsam.

MARIA *spöttisch:* Und wenn Sie empfinden?

ANSELM: Löschen Sie Ihre Zigarette an meiner Hand aus.

MARIA: Das würde Ihnen weher tun, als ein so empfindlicher Mann vertragen kann.

ANSELM: Wenn man es langsam macht, *tut* es weh. *Er faßt ihre Hand am Gelenk.*

MARIA: Aber was fällt Ihnen ein?! *Sie kämpfen.* Lassen Sie los! Sie werden ja doch im letzten Augenblick loslassen . . . Machen Sie kein solches Gesicht! *Ich* bin nicht furchtsam . . . Nein, Sie sind nicht so stark. Nein, nein, genug für einen Scherz!

ANSELM *während des Ringens:* Sie irren sich, wenn Sie glauben, daß ich gutmütig bin. Oder feig aus Herzschwäche. *Er preßt, Marias Widerstand brechend, die glühende Spitze ihrer Zigarette samt der Hand gegen seine Handfläche. Sein Ausdruck ist fanatisch und fast sinnlich verzückt, der Marias ärgerlich bestürzt.*

ANSELM *nachher, mit einem Versuch zu scherzen:* Sie sehen, wenn es sein muß, ich *springe* ins Feuer.

MARIA: Wie kann man so sein!

ANSELM *einige Glutteilchen langsam von Händen und Kleidern abklopfend:* Ja, wie kann man so sein?! Ich bin kein gutmütiger Geist.

THOMAS *jetzt vollständig angekleidet, kehrt aus dem Schlafzimmer zurück und erkennt, daß etwas vorgefallen ist:* Was war? Es war etwas zwischen euch?

Schweigen.

THOMAS: Ich darf es wohl nicht wissen?

MARIA *trotzig gegen beide:* Ich verstehe nicht, wie ihr aus dieser Lage nicht herausfinden könnt.

THOMAS: Aber mit dem Detektiv bleibt es bei gemeinsamer Ablehnung?

Maria zuckt die Achseln.

THOMAS: Oh, ich habe es mir gedacht. *Er steht einen Augenblick lang ohnmächtig vor den beiden, will fortgehn, kehrt aber wieder um. Sieht Anselm an.* Und brauche dich doch nur anzusehn und weiß: das bist du nicht! Anselm, wir saßen wieder beisammen wie vor Jahren, halbe Nächte durch, ohne die Zeit zu fühlen. Und du hast mir zugestimmt. Du hast auch dem Detektiv zugestimmt!!

Es tritt unwillkürlich eine kleine peinliche Pause ein.

MARIA *als wunderte sie sich, das nicht gleich gesagt zu haben:* Aber man kann seine Meinung doch auch ändern.

ANSELM: Er hatte mich überfallen und überredet! *Mit unverhülltem Widerwillen.* Aber ich kann eine Welt voll Verurteilung und Geringschätzung nicht dauernd ertragen!

Thomas: Soll ich sagen, was du dahinter versteckst? Wie einer, der einen fehlenden Finger verbirgt? Dein Leben war doch ein Mißerfolg? Wie könnte es auch anders sein!

ANSELM *heftig und höhnisch zu Maria:* Er lebte immer in seinen Gedanken. Unumschränkter Herrscher in einem Papierreich! Das gibt ungeheure Überschusse an Selbstvertrauen und Willkür. An den Menschen sich stoßen, schränkt ein und macht bescheiden.

THOMAS: Anselm!? Erfindet Josef, was in seinem Brief steht? Oder habe wirklich ich es ihm eingegeben? *Sie sehen einander an.*

ANSELM: Natürlich erfindet er.

THOMAS *heftig und ungeduldig:* Ich will ja nicht wissen, welche Enthüllungen es sind, mit denen er droht! Ich halte jede für möglich!

MARIA *abwehrend:* Thomas!

THOMAS *Widerspruch abschneidend. Als wollte er Anselm auffordern, sich zu bekennen:* Es gibt Menschen, die immer nur wissen werden, was sein könnte, während die andren wie Detektive wissen, was ist. Die etwas Bewegliches bergen, wo die andren fest sind. Eine Ahnung von Andersseinkönnen. Ein richtungsloses Gefühl ohne Neigung und Abneigung zwischen den Erhebungen und Gewohnheiten der Welt. Ein Heimweh, aber ohne Heimat. Das macht alles möglich!

MARIA: Aber das werden doch wieder nur Theorien!

ANSELM: Ja, das sind Theorien. Sie haben das richtige Wort gefunden. Aber wie schrecklich ist es, wenn Theorien sich in Leben und Sterben einmengen. *Er nimmt nervös den Brief wieder auf.*

THOMAS *bitter, anklagend, immer leidenschaftlicher:* Gut, es sind Theorien. Als wir jung waren, haben wir auch Theorien gemacht. Als wir jung waren, wußten wir, daß alles, wofür die Alten «im Ernst» leben und sterben, im Geist längst erledigt und entsetzlich langweilig ist. Daß es keine Tugend und kein Laster gibt, die sich an menschlicher Abenteuerlichkeit mit einem elliptischen Integral oder einer Flugmaschine vergleichen ließen. Als wir jung waren, wußten wir, daß das, was wirklich geschieht, ganz unwichtig ist neben dem, was geschehen könnte. Daß der ganze Fortschritt der Menschheit in dem steckt, was nicht geschieht. Sondern gedacht wird; ihre Ungewißheit, ihr Feuer. Als wir jung waren, fühlten wir: leidenschaftliche Menschen haben überhaupt kein Gefühl in sich, sondern gestaltlose, nackte Stürme von Kraft!!

ANSELM *ebenfalls erregt:* Ja; und heute weiß ich einfach, daß das falsch und jugendlich war. Es sind Bäume, aber der Wind schüttelt sie nicht. Was diesen Gedanken fehlt, ist nichts als das bißchen Demut der Erkenntnis, daß schließlich doch alle Gedanken falsch sind und daß sie *deshalb* geglaubt werden müssen; von warmen Menschen!

THOMAS: Deine Demut! Anselm! *Deine* Demut! Anselm, Anselm!

ANSELM: Aber hast du denn je gelernt, was das ist?

THOMAS: Demut, das ist der Letzte sein wollen, das ist, der Erste von hinten! *Er bricht vor Erregung in Lachen aus.* Schreibt denn nicht Josef selbst von deiner Demut und Menschenliebe! Erfindet Josef?

ANSELM: Er ist ungerecht! Ungerecht ist er! Aber noch darin ein Mensch!

THOMAS: Und du liebst doch Regine? Oder läßt sie in Ungewißheit wegen Josef vergehn und schindest sie?!

MARIA: Ja, Anselm, da hat Thomas nicht ganz unrecht.

THOMAS *noch einmal an ihn zu rühren versuchend:* Anselm! Es ist etwas in dir, dem kein Mensch was gibt. Dem keiner was geben kann. Es pfeift auf Menschenliebe wie der Atem eines Sterbenden. In jedem ist es. Und es ist etwas in dir, das nach andren schreit. Und wäre es nach dem Mit-Nichtmenschen! Eine Angst, Unrecht zu behalten, doch irgendwo hinter allem. Was haben wir denn erreicht? Im Studierzimmer wie der Affe mit dem Stein in der Hand überlegt, wie er am besten die Nuß aufschlägt. Ohne einer einzigen Frage, die unsere Seligkeit als Mensch berührt, nahezukommen. Oder entmannt wie du, aus dem Gehirn einen tollen Weiberschoß gemacht, der sich an alles, was fest ist, preßt. Anselm, man ertrug es leicht, solang die Jugend nicht an den Tod denkt. Und später half man sich mit kurzfristigen Wechseln wie Werk und Erfolg. Aber noch etwas später wird zum erstenmal in dir lebendig, daß es niemals drei und vier und zwölf Uhr ist, sondern ein stummes Steigen und Sinken von Gestirnen um dich! Und zum erstenmal merkst du, daß etwas in dir dem wie Flut und Ebbe folgt, ohne daß du es kennst. Und der Asket schlingt ein Seil um sein Herz und das andre Ende um den größten Stern, den er nachts erblickt, und fesselt sich so. Und der Detektivmensch hat sein Gesicht an seinen Fährten und braucht es nicht aufwärts zu heben. Aber ich? Und du? Wenn du aufrichtig bist, trotzdem dir Maria zuhorcht? Anselm, einer ist ein Narr, zwei eine neue Menschheit!
Erschöpfungspause.

MARIA *die nun auch mit ihrer Toilette fertig ist, aufgeheitert:* Aber ihr beide Narren! Jetzt sehe ich erst, wie verstiegen ihr seid. Habt ihr ein Wort von Josef gesprochen? *Beide wenden sich ihr erstaunt zu, wie einer Stimme aus andrer Welt. Maria lachend.* Anselm ist ja ganz kleinlaut. Wenn Sie nur mit Thomas sich aussprechen, da verzichtet er ja auf seinen symbolischen Detektiv!

THOMAS *noch ganz verständnislos:* Natürlich verzichte ich.

MARIA *fortfahrend:* Und Anselm hat sich verbrannt; Anselm hat Schmerzen; ich werde ihm rasch etwas Kühlendes auflegen. *Sie beginnt einen Verband zu improvisieren.* Geh doch voraus, er kommt dir nach, er kommt dir gleich nach in dein Zimmer.

ANSELM *mit erzwungener Nachgiebigkeit:* Aber das ist ja das Gefährliche an ihm, daß er alle überredet.

THOMAS: Soll es sein, Anselm? *Er sieht ihn fragend an, der sich zwingt, den Blick zu bejahen. Trotzdem unsicher und bitter.* Sollte es sein? Ich werde warten. Maria wirst du ja nicht enttäuschen. *Ab.*

ANSELM *kaum daß Thomas das Zimmer verlassen hat, entzieht er Maria die Hand mit dem unfertigen Verband:* Ich gehe nicht zu ihm.

MARIA: Was sagen Sie?

ANSELM: Daß ich natürlich nicht zu ihm gehe.

MARIA: Ich spreche kein Wort mehr mit Ihnen.

ANSELM *unbekümmert:* Er hat alles besser gewußt, seit wir Knaben waren. Aber ich wollte ihm nicht antworten! Ich muß ihm ja nicht antworten! *Jubelnd.* Ich muß nicht, Maria!! Ich muß nicht. Ich kann die Augen schließen, die Ohren, alle Luken zuziehn, bis es ganz dunkel wird um das, was ich weiß: und außen tobt und poltert der große Geldschrankknacker mit seinen zwei Brechstangen Verstand und Überhebung! *Da Maria ein abweisendes Gesicht macht und nicht antwortet.* Eher werde ich abreisen, als daß ich ihn einlasse!

MARIA: Tun Sie es! Es wird das beste sein.

ANSELM: Kommen Sie mit!

MARIA: Was haben Sie gesagt?

ANSELM: Kommen Sie fort.

MARIA *erst sprachlos, dann:* Aber Sie sind ja verrückt; was fällt Ihnen jetzt wieder ein?

ANSELM *läßt eine kleine Weile verstreichen, dann verändert:* Sie werden diesen Vorschlag natürlich falsch auffassen; *das* habe ich mir gedacht.

MARIA: Ich fasse ihn gar nicht auf. Ich bin hier geblieben, weil ich Ordnung schaffen will. Wenn Sie also noch etwas zu sagen haben, tun Sie es; beleidigen werden Sie mich nicht wollen.

ANSELM: Ich weiß nicht, ob Sie das beleidigt: Ich liebe Thomas viel mehr, als Sie ihn lieben. Denn ich bin ihm viel ähnlicher. Den Absturz, den er jetzt durchlebt, macht er mir nur nach. Und wenn ich feindselig bin, ist es vielleicht Angst um mich. Sie aber leiden nutzlos unter ihm, ohne es sich einzugestehn.

MARIA: Er leidet! Dieser starke Mensch, der immer gekonnt hat, was er will, ist seiner selbst nicht mehr sicher.

ANSELM *eifersüchtig:* Alles kann Thomas, aber leiden kann er nicht!

MARIA: Es ist fürchterlich anzusehn und ihm mit nichts helfen zu können.

ANSELM: Sie könnten es.

MARIA: Ich? Ach, Anselm, da haben Sie kein scharfes Auge! Ich verstehe von diesen unmenschlichen Ideen nichts.

ANSELM: Es gibt ein Mittel.

MARIA: Aber so sagen Sie es doch lieber gleich.

ANSELM: Ich habe es Ihnen ja schon gesagt.

MARIA *nach einer Weile:* Aber das sind Phantasien; das ist phantastisch.

Es tritt eine Pause ein.

ANSELM: Glauben Sie denn, daß ich Thomas' Überlegenheit bestreite, daß ich meinen Verstand neben seinem nicht als ungenügend empfinde?

MARIA: Man sagt, daß Sie von der Universität fortmußten, weil Sie Auftritte gehabt haben?

ANSELM: Ich habe mich unmöglich gemacht. Ich hätte vielleicht in einem Jahrhundert der Inquisition leben müssen. Wenn ein Mensch andrer Meinung ist, grinst mich der Stein an, die Bestialität. Wer den Blick dafür hat, sieht dahinter die schamlose Entschlossenheit von Ertrinkenden, die um den Platz im Boot kämpfen.

MARIA: Aber man muß doch verschiedener Meinung sein können!

ANSELM: Ich bin vielleicht nur zu dumm dafür. Ach, Maria, wir beide sind ja zu dumm für ihn. Ich muß fühlen, daß ich jemand das Letzte, das Entscheidende bedeute. Oder ich fühle mich verworfen. Thomas kann die Menschen entbehren, aber sagen Sie doch selbst: welche Monstrosität!

MARIA: Darin haben Sie vielleicht nicht ganz unrecht; Thomas hat etwas Unmenschliches, ich habe es ihm auch oft gesagt.

ANSELM *rasch festhaltend:* Er schätzt alle gering. Er vertraut nur der Kraft eines hochgehobenen Steins: von dieser Art ist nämlich die Kraft seiner Vernunft; diese Vernunft, von der heute die Welt beherrscht wird. Die Kräfte zwischen Gesichtern von Menschen, zwischen den Schwalben im Herbst, die unbeweisbaren Kräfte, Kräfte der Wärme, des Errötens, Kräfte sogar zwischen den Pferden eines Stalls, freundlichen oder feindlichen Beisammenseins, die – kennt er vielleicht, – *höhnisch* – oh, gewiß wird er sie *kennen.* Aber Wahrheiten, die nur verstanden werden können in Sekunden der Erschütterung und aufleuchten wie ein Funke zwischen zwei Menschen, denen vertraut er nicht.

MARIA: Ich kann mir sehr gut denken, was Sie meinen. Aber in dem, was Sie sagen, steckt doch auch etwas, das sich sofort verflüchtigt, wenn man es beim Wort nehmen wollte. Etwas Unwirkliches. Etwas Unglaubwürdiges.

ANSELM: Und gerade Sie sind beseligend voll solcher Kräfte! Jede Gebärde Ihres Körpers wird davon bewegt und sendet sie aus. Ohne Übertreibung gesprochen, Maria, ich bin manchmal so durchflutet davon, daß ich unter der Angst leide, meine Glieder und Gesichtszüge könnten wider Willen die Bewegungen der Ihren nachahmen wie Pflanzen, die am Grund eines fließenden Wassers stehn.

MARIA: Aber das sind Übertreibungen!

ANSELM: Das Natürlichste! Die menschliche Natur selbst! Stellen Sie sich nicht gering! Sie wissen, man begreift überhaupt nichts mit dem Verstand, nicht einmal das Daliegen eines Steins, sondern alles nur durch Liebe. In einem namenlosen Annäherungszustand und Verwandtschaftsgrad. Wovon diese Sache Mann–Frau nur ein überschätzter Einzelfall ist. Aber Thomas hat Sie das vergessen gelehrt. Gestehen Sie doch, daß er Sie ohnmächtig niederdrückt. Was bedeuten Ihnen denn seine Begriffe und Überlegungen!

MARIA: Oh, es ist immer anregend und wertvoll!

ANSELM: Oh! Wirklich? Aber Sie haben eine tiefere Verbindung mit Mensch und Ding als er. Ich weiß doch, wie Sie waren!

MARIA: Das waren Jugenddummheiten.

ANSELM: Thomas hat diese Kräfte in Ihnen nicht geduldet, wie er keine Kraft neben seiner duldet. Nun fehlen sie ihm. Das ist seine Katastrophe; ich habe ihn so weit, daß er es selbst ahnt.

MARIA: Aber was wollen Sie eigentlich?!

ANSELM: Was ist dabei: Sie gehen mit Regine und mir plötzlich fort?

MARIA: Aber welchen Sinn?

ANSELM: Heimlich. Ein so unerwarteter Stoß ist das einzige, was ihn erschüttern und zur Einkehr bringen könnte. Er zerstört sich sonst selbst.

MARIA: Aber was würde Regine dazu sagen? Sie will doch möglichst bald Ordnung und Heirat!

ANSELM: Maria, sie darf nichts einwenden! Ich muß Ihnen noch etwas anvertraun: Ich habe Regine nie mehr als Freundschaft versprochen.

MARIA: Aber wozu geschieht dann alles?! War je von andrem die Rede?

ANSELM: Helfen wollte ich ihr! Wissen Sie, warum Josef mich einen Betrüger nennt? Weil er nicht versteht, daß ich Regine von ihm fortgeholfen habe, ohne sie in diesem engen und alltäglichen Sinn zu lieben.

Maria: Aber er sagt doch auch: Potiphar?

Anselm: Weil er das irgendwie herausgebracht hat. Ich wollte sie aber nur wieder leben lehren, Gefühle in ihr erwecken, Gewichte ihr auferlegen; um sie aus der gespenstischen Luftleere herauszubringen, die um sie entstanden war.

Maria: Aber diese Geschichte mit Johannes ist doch erst recht ein Hirngespinst?!

Anselm: Eben deshalb nennt mich doch auch Thomas Betrüger. So muß ich Ihnen also auch das gestehn. Ich duldete es, um mich zu schützen! Regine neigte dazu, mich mißzuverstehn; sie war so herabgekommen. Aber mir graute davor, daß sich die menschliche Beziehung wieder zu diesem Krampf zusammenziehen sollte: so mußte ich Johannes zur Ablenkung benützen. Was immer er war, er war nicht ich!

Maria: Schrecklich, was Sie da mitgemacht haben!

Anselm: Eine Schwäche vielleicht von mir. Ich fand diese Geschichte vor; sie verkehrte mit diesem Toten wie mit einem lebendigen Schutzheiligen. Der sie vor nichts beschützte; vor nichts! Sie ist ja ein Mensch ganz ohne wahre Beziehungen zu andren Menschen. Ihre Gefühle sitzen im Kopf wie bei Thomas. Solche Menschen sind in allem übertrieben. Dann rührte mich wohl auch die arme Unbeholfenheit dieser Lüge. Aber ich wollte sie gerade von diesem Morphiumpräparat ganz sacht entwöhnen, da kam Thomas mit seinem Eingreifen. Heirat, Brief an Josef, Detektiv: Sie können nun ermessen, was er angerichtet hat.

Maria: Ich pflichte Ihnen noch gar nicht in allem bei, Anselm, aber ich beginne jetzt freilich einen Zusammenhang zwischen manchem zu ahnen, das ich bisher nicht verstand.

Anselm: Thomas ist ja in dieser Sache der gnadenlose Verstandesmensch, den er in Josef bekämpft; den er nur in Josef bekämpft!

Maria: In der Tat, Sie haben nicht *ganz* unrecht; ein wenig haben Sie recht ... Man müßte schon etwas Starkes tun, um ihn zur Umkehr zu bringen ... Und Sie waren wirklich in einem Kloster?

Anselm: Warum fragen Sie? Ich war dort.

Maria: Anselm, weil Sie mir immer nur die Wahrheit sagen dürfen! Ich würde zugrunde gehn, wenn jetzt nicht volle Wahrheit zwischen uns allen herrscht!

Anselm: Maria, selbst wenn ich wollte, könnte ich Sie nicht belügen; Ihnen beichte ich ja!

Maria: Sie müssen aber doch mit ihm sprechen.

Anselm: Das kann ich nicht! In einen nach Verständigung Dürstenden mich hinabbeugen kann ich; aber mit Thomas sprechen kann ich nicht. Sie können ihm ja alles wiedererzählen. Könnten Sie ihm sagen, was wir gesprochen haben?! Oder würden die Worte zwischen Ihrem Mund und seinem Ohr die Kraft verlieren?! – Sie müssen heimlich und überraschend von hier fortgehn. Er sucht Sie. Der Platz, den sein Ratschluß Ihnen zugewiesen hat, ist verlassen. Sie sind bei sich. Das ist das einzige, was ihn zur Umkehr bringen kann!

MARIA: Wissen Sie, daß Sie Gefahr laufen, ein schlechter Mensch zu werden? Sie meinen etwas Gutes, aber Sie kennen dann gar keine Bedenken in der Wahl der Mittel.

ANSELM: Aber was heißt denn, Mittel wählen, wenn ich schon fühle, daß Sie aus Ihren innersten Kräften das richtige finden werden; es hieße, mit der Pistole nach der Sonne schießen. Ach, Maria, ich bin weniger als ein schlechter Mensch; ein Gelehrter, der die Gelehrsamkeit verloren hat, und ein Mensch, der sich immer und immer wieder in der Wahl seiner Mittel vergriff. Nur Sie können uns helfen.

MARIA: Anselm, wir müssen darüber noch sprechen. Auch über Regine. Sie versprechen mir aber, danach mit Thomas zu reden? *Da Anselm schweigt.* O ja, Sie versprechen es! Kommen Sie, dann gehen wir jetzt noch in den Park. *Da Anselm sich zur anderen Türe wendet.* Nein, nicht da herum, hier – *sie zeigt auf das Schlafzimmer* – haben wir es ganz nahe. Aber Sie müssen die Augen schließen, es ist alles in Unordnung. Ich meine, wenn wir uns aussprechen, könnte es Thomas wirklich helfen.

ANSELM *mit verhaltener Wut und Bosheit:* Ach, ich möchte lieber, daß Sie durchs Fenster klettern! Wollen Sie nicht da hinaus?! Sie müßten sich hineinkrümmen und -runden und die Röcke zusammennehmen, so daß Sie gar nicht mehr zu verstehn sind; wie bei einem Unglücksfall! Aber Sie sind zu schön, um sich so etwas zu traun.

MARIA: Aber was fällt Ihnen jetzt wieder ein?

ANSELM: Daß Sie da geschlafen haben durch Jahre!!

MARIA: Unsinn! Augen schließen! Geben Sie mir Ihre Hand! *Ab. Die Bühne bleibt einen Augenblick leer.*

REGINE *eintretend:* Wenn Sie wirklich glauben, dann hier herein; hier wird uns jetzt niemand stören.

FRÄULEIN MERTENS: Oh, ich weiß, daß es Ihnen kaum erträglich erscheint, einem fremden Mann Vertrauen zu schenken. Wer sollte Sie besser verstehen als ich?! Ich weiß, was es heißt, sich in sein Inneres verschließen, Sie zarteste Heilige!

REGINE: Thomas hat wohl etwas von einem Detektiv gesprochen . . .? Aber ich mag das nicht leiden!

FRÄULEIN MERTENS: Nein, natürlich ist es nicht recht von Doktor Thomas; einer seiner kalten Einfälle! Sie sehen es!

REGINE: Feststellen! Beobachten! Was will man denn damit erreichen! Das ist so dumm.

FRÄULEIN MERTENS: Aber vielleicht kann Ihnen der Mann nützen: er hat ausdrücklich nach Ihnen verlangt. *Sie winkt bei der offenen Tür hinaus.* Und wenn er auch etwas gewöhnlich aussieht, hat er doch kein unsympathisches Gesicht. Ich werde Sie allein lassen.

Sie läßt an sich vorbei Stader eintreten und zieht sich zurück. Stader tritt näher, mit allen Organen den Raum beschnüffelnd. Er war einmal ein hübscher Junge und ist jetzt ein tüchtiger Mensch. Seine Kleidung ahmt die Korrektheit eines wohlhabenden Gelehrten nach, aber mit einem kleinen schwarzen Künstlerschlips. Er legt beim Eintreten einen grämlichen, alten Ausdruck aufs Gesicht und rückt an einer großen blauen Brille, als hätte er sie eben aufgesetzt.

REGINE: Sie schickt . . . ein Bureau? Wollen Sie Platz nehmen.

Sie setzen sich. Stader zögert dabei und räuspert sich. Da es ihm nicht gelingt, Reginens Aufmerksamkeit in die gewünschte Richtung zu lenken, nimmt er die Brille ab und macht ein natürliches Gesicht.

STADER: Wie doch diese überholten, altmodischen Mittel noch immer wirken! Eine Brille, ein wenig Meisterschaft im Ausdruck und es genügt schon für einfache Fälle! Sie erkannten mich also nicht.

REGINE: Ich weiß noch immer nicht . . .? *Sie betrachtet ihn, er grinst allmählich über das ganze Gesicht.* Was meinen Sie?

STADER: Sie erinnern sich nicht?

REGINE: N . . . ein. Ach ja . . . Sie waren Diener bei uns?

STADER: Hrr mja; nun ja gewiß; ich *war* Diener . . . Stader, Ferdinand Stader, . . . Ferdinand!? Aber schon damals in der freien Zeit etwas Besseres, Sänger und Dichter.

REGINE: Ich weiß. Sie sind nachts in Gastwirtschaften als Sänger aufgetreten, obgleich Sie das eigentlich nicht durften. Das gefiel mir.

STADER: Und wie oft haben Sie mir einen Kuß ins Haar gehaucht und gesagt, du – –

REGINE: Benehmen Sie sich doch nicht abgeschmackt!

STADER: Abgeschmackt? Mit den Zähnen und allen zehn Fingern haben Sie in mein Haar gebissen und gesagt: Du in –, du in –; Herrgott, bis vor kurzem hab' ich's noch gewußt und jetzt hab' ich's vergessen! Es war etwas mit Genie.

REGINE: Du – ingénu. Mein Gott! *Sie schlägt die Hände vors Ge-*

sicht. Anspeien könnte ich mich heute!!

STADER: Beruhigen Sie sich. Sie haben mir zwar schweres Unrecht zugefügt, als Sie mich so einfach ... na ja, hinauswerfen wollte ich sagen. Ich wußte ja nicht, daß feine Damen so sein können. Aber ich trage Ihnen nichts nach. Denn Sie haben mich dadurch auf den Weg der Wahrheit gestoßen. Und der Wahrheit verdanke ich meinen Aufstieg! Sie hatten sich nämlich nicht in mir geirrt, und Ihr Wort, daß ich ein Genie bin, das hat mich begleitet und gestärkt; es nützt Ihnen nichts mehr, wenn Sie es heute zurückzunehmen versuchen. Ich war nie bloß nur Diener, ich habe das gleich danach aufgegeben. Ich war vielerlei. Präparator, Klavierspieler, Paukdiener, Photograph, sogar Hundefänger; ich war ein vielseitiger Mensch, schon bevor ich meinen Beruf entdeckte. Und ich muß sagen, man braucht für ihn auch außer der Strenge der Forschung etwas Künstlerblut: Heute bin ich Inhaber des größten neuzeitlichen Ausforschungsinstituts.

REGINE: Ausforschungs?

STADER: Detektivinstituts.

REGINE: Sie wollen Geld?! Wieviel? Ich habe keins.

STADER *würdig:* Betrachten Sie mich, bitte, als in ritterlichen Beziehungen Ihnen gegenübergestanden! Ich wollte Sie bloß um eine Gefälligkeit ersuchen. *Mit herablassender Zärtlichkeit ihren Irrtum verbessernd.* Keine solche; Sie haben sich doch noch immer nicht geändert. Mein Institut ist das größte und neuzeitlichste Ausforschungsinstitut der Gegenwart: Newton, Galilei & Stader. Früher hätte man so etwas Argus genannt; weil ich weiß, was ich der neuzeitlichen Wissenschaft schulde, habe ich ihre beiden Begründer in den Namen der Firma aufgenommen.

REGINE *die sich nicht zurechtfindet:* Ja also, dann sind Sie aber der Detektiv, von dem mein Vetter Thomas gesprochen hat?

STADER: Ihr –? Wer ist Thomas?!

REGINE: Mein Vetter Doktor Thomas – nun, Sie befinden sich doch in seinem Haus! Er hat davon gesprochen, einen Detektiv kommen lassen zu wollen.

STADER *sehr beunruhigt:* In der Angelegenheit Seiner Exzellenz Ihres Gatten und eines gewissen Doktor Anselm Mornas?

REGINE: Wahrscheinlich doch!

STADER *in äußerster Gemütsbewegung:* Er hat einen Detektiv! Und nicht mich! Ich bin vernichtet!

REGINE: Aber ich weiß ja gar nicht sicher, ob er es wirklich getan hat.

STADER: Es ist noch nicht sicher?! Sie müssen mir sofort eine Aussprache mit ihm vermitteln. Ich bin der Detektiv Seiner Exzellenz; aber ich will ihm alle meine Geheimnisse verkaufen, schenken will ich sie ihm, wenn er mir Gehör leiht! Sie müssen mich ihm sofort auf das herzlichste empfehlen!

REGINE: Aber das ist ja unmöglich.

STADER: Unmöglich? Sie meinen wegen –? Vorbei ist gewesen. Ein Mann hat größere Interessen! Hören Sie mich an: Mein Institut arbeitet mit den neuzeitlichen Mitteln der Wissenschaft. Mit Graphologik, Pathographik, hereditärer Belastung, Wahrscheinlichkeitslehre, Statistik, Psychoanalyse, Experimentalpsychologik und so weiter. Wir suchen die wissenschaftlichen Elemente der Tat auf; denn alles, was in der Welt geschieht, geschieht nach Gesetzen. Nach ewigen Gesetzen! Auf ihnen ruht der Ruf meines Instituts. Ungezählte junge Gelehrte und Studenten arbeiten in meinen Diensten. Ich frage nicht nach läppischen Einzelheiten eines Falls; man liefert mir die gesetzlichen Bestimmungsstücke eines Menschen und ich weiß, was er unter gegebenen Umständen getan haben – muß! Verstehen Sie? Die moderne Wissenschaft und Detektivik engt den Bereich des Zufälligen, Ordnungslosen, angeblich Persönlichen immer mehr ein. Es gibt keinen Zufall! Es gibt keine Tatsachen! Jawohl! Es gibt nur – wissenschaftliche Zusammenhänge.
Ja, das ist aus Ihrem «kleinen Neapolitaner», aus Ihrem «Straßensänger» geworden!
Seine Exzellenz, Ihr Herr Gemahl, hat uns nun, angezogen von dem außerordentlichen Ruf, den unser Institut in der gesamten Fachwelt genießt, die Ehre seines Auftrags erwiesen. Es lag mir viel daran, eine so hochgestellte wissenschaftliche Persönlichkeit zufriedenzustellen: hier ist das schriftliche Elaborat. *Er weist stolz auf eine dicke Mappe, die er nicht aus der Hand läßt*

REGINE: Elaborat? Sie wollen doch nicht sagen? Über wen?!

STADER: Wir verwenden neben den geschilderten neuzeitlichen Mitteln natürlich auch Rescherschöre, Bestechungen, Frauen, Alkohol, Dienstboten, Spoliierungen, kurz die sozusagen klassischen Mittel der Detektivwissenschaft. Wollen Sie sehen? *Er öffnet seine Mappe.* Hier diese Postkarte ist von Doktor Anselm Mornas an seinen Schneider und handelt von der Bestellung eines Winteranzugs. Wollen Sie beachten, daß die Karte im August geschrieben worden sein muß. Das läßt sich beweisen durch das Datum des Poststempels und den Umstand, daß es sich um eine reine und direkte sogenannte Zweckorientierung handelt, wobei eine Irreführung des Schneiders nicht dienlich wäre.

REGINE *ganz benommen:* Das verstehe ich nicht, aber was läßt sich denn daraus schließen!?

STADER: Oh ...! Bestellung eines Winteranzugs im August, das könnte bedeuten: Voraussicht; Sparsamkeit, denn im Sommer sind die Winterstoffe billiger; Mangel an Schick, denn man erhält noch nicht die kommenden Winterstoffe; viertens eine geheime Absicht. Pedantisch vorsorglich ist er nicht, sparsam ist er nicht, ohne Schick ist er nicht: was bleibt also? Ein Geheimnis. Da haben Sie schon den ganzen Menschen! – Mit der Analyse des Inhalts stimmt die der Schrift überein. Sehen Sie nur diesen aufwärts strebenden Haken: Abenteuerlust. Dieses geduckte «u»: geheime Leidenschaften. Oh, es ist ein Genuß, das verborgene Wesen eines Menschen so spielend vor sich auszubreiten! Hier! Sehen Sie diesen Schattenstrich: ein Selbstmordgedanke! Und nun die sich fast verkriechenden Mittelbuchstaben: Wandertrieb; es ist die Schrift eines Mannes, der zuweilen verschwindet und die Nachricht ausstreut, daß er in den Tod geht. Ich halte mich nicht dabei auf, daß er das Wort «Betrag» so schreibt, daß man es auch für «Betrug» lesen könnte, ich weiß auch ohne das, sein Lebensdrang ist wach: diese steil ansteigenden Haarstriche! Er hat in summa das Gefühl, daß er ohne die Person nicht leben kann, die er im Winter in diesem Anzug treffen wird.

REGINE: Ja kennt er denn die schon?

STADER: Das waren Sie!

REGINE: Woher wollen Sie das denn wissen.

STADER: Nun ich werde als Beauftragter Seiner Exzellenz doch wissen, wann Doktor Anselm zum erstenmal ins Haus kam. *Er sieht auf seine Armbanduhr.* Aber meine Zeit beginnt mir zu mangeln, sehen Sie nur noch dieses Dokument.

REGINE: Das ist ja meine Schrift!

STADER: Jaha. Das habe ich seinerzeit als Andenken mitgenommen: es war Ihr Wirtschaftsbuch.

REGINE: Was können Sie daraus sehen!

STADER: Ich habe es selbst untersucht. In diesem Fall, muß ich sagen, haben alle wissenschaftlichen Anhaltspunkte nicht mehr ergeben, als ich schon wußte. *Indes er blättert.* Herzlos. Schläft lang. Unverständig. Kurz: *In ruhigem, lang aufgespartem Triumph.* Eine, wissenschaftlich betrachtet, durchaus nicht vollwertige Person. Und ...! *Er hat die gesuchte Stelle endlich gefunden und reicht sie ihr sehr vorsichtig hin, so daß ihm das Buch nicht entrissen werden kann.* Und hier steht «Ferdinand» und daneben «Doppelpunkt kleiner Neapolitaner». Und da: «Johannes, wann kehrst du wieder?»!

REGINE: Geben Sie es mir zurück.

STADER: Aber was denken Sie. *Freundschaftlich.* Ja, sagen Sie, ich habe vorhin etwas gehorcht, es war ja nicht viel Gelegenheit, aber die Dame, die in Ihrer Gesellschaft war, rief «Heilige». Machen Sie das also wirklich noch immer? Das haben Sie nämlich doch schon mir erzählt: Ihre Liebe zu mir galt dem seligen Herrn Johannes und mir gewissermaßen nur, wie wenn einer in Stellvertretung getraut wird. Das hat mir damals mächtig imponiert. Ich war unschuldig – entschuldigen Sie, daß ich lache: mir erzählten Sie das, dem späteren Newton & Stader – und ich habe es Ihnen geglaubt. Aber es war auch eine schöne Erfindung und hat mich später zum Psychologen gemacht. Nur: etwas so Ungewöhnliches ist nicht jedermanns Verständnis zugänglich. Und wenn man es zu oft wiederholt und ganz unwürdige Individuen zu den Akten kommen: Sie werden große Unannehmlichkeiten haben! Wissen Sie übrigens, daß Ihr jetziger Bräutigam bereits verheiratet ist und sich von seiner Frau nicht scheiden lassen will, um nicht Sie heiraten zu müssen.

REGINE *die sich inzwischen zusammengenommen hat:* Ja.

STADER: Das hat nämlich die Analyse dieses Briefs an seine rechtmäßige Frau ergeben, – indem es darinsteht.

REGINE: Den möchte ich sehen, zeigen Sie ihn mir.

STADER *legt ihn in die Mappe zurück und verschließt diese sorgsam:* Sie würden ihn zerreißen.

REGINE: Sie haben also den Auftrag erhalten, mich auszuspionieren?

STADER: Seine Exzellenz der Herr Professor und ich dienen, jeder in seiner Art, seit unseren Mannesjahren der Wahrheit!

REGINE *steht auf:* Sie sind ein Schwindler! Sie wissen gar nichts! Ich habe Sie nie gekannt! Ich kann ja doch jederzeit einen Eid darauf schwören.

STADER: Ich habe Ihnen ja bei weitem nicht alles gezeigt, ich habe noch ganz anderes Material: Vermissen Sie nichts?

REGINE: Was sollte ich vermissen?

STADER: Ein Notizbuch zum Beispiel? Ein ganz kleines, gelbes Buch; darin haben Sie Ihre Lebensgeschichte aufgezeichnet und die des Doktor Anselm.

REGINE: Aber das habe ich doch – –!

STADER: Nein, das haben Sie eben nicht mehr.

REGINE: Das habe ich doch in den Koffer gelegt, das weiß ich ganz bestimmt.

STADER: Kann ja sein. Aber durchaus nicht nur die einfachen Naturen, auch in der besten Gesellschaft . . . ich kann nicht mehr sagen als: selbst in wissenschaftlichen Kreisen findet man Subjekte! – Aber lassen wir das. Sehen Sie, diese Ausbrüche der Heftigkeit kennen wir; Sie haben mich nicht beleidigt.

REGINE *die ihren Entschluß gefaßt hat:* Ja; lassen wir es!!

STADER: Die Wahrheit ist immer Angriffen ausgesetzt, aber sie ist darüber erhaben.

REGINE: Wenn das die Wahrheit ist, so ist sie eine ungeheure schmutzige Menschenfalle ... Ich sehe Sie an, wie ein Gespenst stehn Sie da. So wie Sie könnten dastehn: – ich werde nachdenken und Ihnen die genaue Zahl sagen; die können Sie dann zu den Akten nehmen. Wie soll ich Ihnen begreiflich machen, daß all das niemals wahr gewesen ist?!

STADER *dem diese Wendung ungelegen kommt:* Sie brauchen es ja gar nicht.

REGINE: Aber es ist ja wahr gewesen! Erinnern Sie sich nicht?! Wissen Sie nicht mehr, wie hündinnenhaft ich Ihnen hingegeben war?

STADER *beruhigend:* Vorbei ist gewesen.

REGINE: So kommen Sie nicht davon! Ich hatte Sie vorher gesehn, wie Sie waren, ich habe Sie nachher so gesehn: aber dazwischen konnte ich das einfach nicht aushalten, so abscheulich waren Sie mir!

STADER: Ja, ja, ja; etwas Derartiges hört man immer nach solchen Gelegenheiten.

REGINE: Aber ich konnte mir ja gar nicht genug daran tun, mir vor Ihnen etwas zu vergeben! Ich kann, wenn ich allein im Zimmer bin, es manchmal auch nicht ertragen, meinen Schrank so einfach dastehn zu sehn; manchmal bemerke ich, daß er sich verändert und Gesichter zieht. Dann muß ich ihn rasch aufmachen und nachsehn; ich würde ihn sonst vielleicht auch Johannes nennen.

STADER *warnend, aber ebenso entschlossen, zu dem Seinen zu kommen:* Ich kann Ihnen nur raten, vertrauen Sie sich Ihrem Vetter Professor Thomas an. Das ist ein Mann, dem man sich anvertrauen darf. Welch ein Ruf in der Fachwelt, hat man mir gesagt; aber daneben auch welch ein Blick für die Menschheit! Den haben die gelehrten Herren nicht immer; gerade in meinem Beruf hat man manchmal mit ihrer Geringschätzung zu kämpfen. Natürlich mit Unrecht, denn im modernen Sinn ist ein Detektiv etwas ebenso Hohes wie ein Forscher; ja etwas noch Höheres, wenn man bedenkt, daß er Menschen ausforscht. Immerhin ist da stets eine Unterstützung nötig. *Er ist aufgestanden.* Ich habe ihn für eine große Idee zu gewinnen. Daß Sie sich bei mir nicht an den Unwürdigsten verschwendet haben, ist bewiesen. Sie brauchen Professor Thomas nur in einer herzlichen und einladenden Weise auf mich aufmerksam zu machen als auf einen Menschen, mit dem es sich lohnt, in ständiger Verbindung zu bleiben. Wenn Sie das wollten, bliebe alles streng unter uns dreien!

REGINE: Das tue ich nicht; das bringe ich nicht mehr zustande.

STADER: Regine, haben Sie sich nicht! Sie waren damals schlecht zu mir, aber ich habe mit dem Abstandsgeld, das Sie mir gegeben haben, mein Institut gegründet. Ich will Ihnen wohl. Aber seit ich von Professor Thomas gehört habe, finde ich keine Ruhe! Ich bin alles imstande! Ich habe unberechenbares Künstlerblut in mir! Ohne das hätte ich es in meinem Beruf nicht so weit bringen können. Seien Sie anständig!

REGINE: Ich will nicht.

STADER: Aber ich kann Ihnen ja doch zu sehr schaden!

REGINE: Tun Sie es. Sie kennen mich ja, wie ich wirklich und wahrhaftig bin; Sie haben mich in der Hand. Ich will, daß Sie diese Mappe Seiner Exzellenz ausliefern.

STADER: Ja, aber haben Sie denn gar kein Schamgefühl?! Das wird vor Gericht ausführlich behandelt werden! Sie müssen doch etwas Schamgefühl haben, Sie werden sich doch nicht so bloßstellen lassen! Oder Angst!?

REGINE: Hören Sie «Ferdinand»: Man kann innen heilig sein wie die Pferde des Sonnengotts und außen ist es das, was Sie in Ihren Akten haben. Das ist ein Geheimnis, das Ihr Institut nie entdekken wird. Man tut etwas und es bedeutet innen etwas ganz andres als außen. Mit der Zeit aber hat man innen doch nur das getan, was außen geschehen ist. Man hat nicht mehr die Kraft, es zu verwandeln!

STADER: Nun, ich könnte unter Eid nur aussagen, daß Sie jederzeit sehr wirklich bei der Sache gewesen zu sein schienen.

REGINE: –?! Ja. Sie haben recht. Das ist das Entsetzliche. – Aber Sie müssen gehn; wir können hier nicht länger bleiben.

STADER: Ja, ich habe auch schon größte Eile, ich muß zum Zug. *Mit einem letzten Versuch.* Professor Thomas ist bedroht! Ein dunkler Anschlag schwebt über seinem Haupte. Sie wissen ja nicht, was in dem Brief steht, den Sie gesehen haben: Anselm ist nicht Ihrethalben hier, er ist hier, um seinem Freund die Frau zu entführen!

REGINE: So? Sie müssen hier durchgehn. Da kommt eine Tür, die führt in ein Badezimmer, dann auf einen Gang und ein paar Stufen – ich werde Sie lieber selbst führen. *Sie geht voran.*

STADER *in der Schlafzimmertür:* Ich gehe jetzt zu Seiner Exzellenz. Ich gebe es also Seiner Exzellenz. Aber bevor ich es Seiner Exzellenz gebe, wäre ich auf der Bahn noch zu treffen. Und vielleicht auch noch nachher . . . Solche Geschichten, das verstehe ich nicht; ein Mann hat Logik! Ich habe gedacht, Sie würden alles tun, um die Mappe zu erhalten. *Ab.*

Die Bühne bleibt einen Augenblick leer, bevor bei der andren Türe Anselm eintritt. Er sieht sich vorsichtig um, geht rasch zur Schlafzimmertür und versinkt, auf den Türrahmen gestützt, in Betrachtung. Sein Ausdruck ist der der visio beata. Plötzlich weicht er zurück wie bei einer unerlaubten Handlung betreten und sucht sich eine harmlose Haltung zu geben. Regine ist durch das Schlafzimmer zurückgekehrt, tritt ein und steht ihm gegenüber.

ANSELM: Du warst im Zimmer?

REGINE: Nein, ich bin von außen gekommen, aber du hast mich nicht gleich bemerkt.

ANSELM: Ja, ja, ich suchte dich; ich habe sie stehengelassen, aber ich fand dich nirgends.

REGINE: Das ist ja nicht wahr.

ANSELM *blickt sie überrascht an, dann sagt er ruhig:* Maria? Aber was denkst du! Sie amüsiert mich.

REGINE: Sie wartet auf dich?

ANSELM: Ich sollte ihr etwas holen, ein Schultertuch; aber sie kann lange warten. Sie sieht in mir einen romantischen Helden und erwartet mittelalterliche Aufmerksamkeiten von mir; sie begreift etwas schwer wie fast alle stattlichen Frauen.

REGINE *verstellt:* Hast du ihr essen zugesehn? Sie kaut langsam wie eine Kuh. Am liebsten möchte sie immer auch blumige Gespräche, große grüne Wortlandschaften zum Grasen; das machst du übrigens großartig.

ANSELM *sucht sie zu überbieten. Und da er sich nach den vorausgegangenen leidenschaftlichen Szenen mit Maria in der Gegenphase des geistigen Ekels befindet, spricht er anfangs überzeugungsvoller:* Ja, sie braucht Lyrik, geradezu mit der Butterspritze. Das macht mich rasen. Thomas wirkt, nach ihr genossen, trocken herrlich wie Wüstenwind. Verstehst du, ich halte es gar nicht für ausgeschlossen, daß sie ihn plötzlich verläßt, wenn der Geist über sie kommt; diese über achtzig Kilo schweren Seelen fallen wie die Säcke um.

REGINE: Würdest du sie gern so sehn? Sie fordert dazu heraus, ihr irgendwie Paprika in den Körper zu praktizieren und sie hüpfen zu machen, um *ihr* dann zu sagen: Meine liebe Maria, ein hygienischer Geruch von Tugend umgibt Sie wie die reine Karbolluft Spitäler, solche Sprünge sind nichts für Sie!

ANSELM: Hopsen Sie nicht so, alte Tugend! Ich würde da gern ihr Gesicht sehn.

REGINE: Erinnerst du dich noch, wie dünn ihre Beine waren, und die

Höschen hingen dem Musterkind immer vor. Jetzt kann man das nicht sehn, aber seit wir hier sind, verfolgt mich die Frage, ob die Beine noch immer zu dünn sind?

ANSELM *kann nicht mehr mit:* Von früh bis spät beisammen: Sprechen wir nicht mehr von ihr; es schüttelt mich, wenn ich an sie denke.

REGINE: Siehst du, du lügst! Oh, wie du lügst!

ANSELM: Würde ich so über sie sprechen können?!

REGINE: Ach du! Du sprichst doch über einen Menschen nur gut, solange er dir gleichgültig ist. Wenn du etwas für ihn empfindest, so beschmierst du ihn mit Schmutz, damit du es versteckst! *Sie bricht plötzlich ab.* Komm fort!

ANSELM *unwillig:* Warum?!

REGINE: Komm fort, Anselm! Wir reisen! Wir fliehn! Wenn Josef da ist, sind wir schon weg. Du hast dich hier verstrickt, du kannst von Maria nicht los.

ANSELM: Sei doch nicht gleich so gräßlich weibisch. *Er überlegt.* Du müßtest im Gegenteil Maria bitten, daß sie mit uns kommt.

REGINE: Und?

ANSELM: Wenn wir außerhalb dieses Hauses zusammenleben, kann dein Mann uns die größten Unannehmlichkeiten bereiten; wenn du mit deiner Schwester reist, kann er gar nichts tun.

REGINE: Und –?! Das schlag dir aus dem Kopf. Ich mache euch nicht noch länger die Mauer.

ANSELM: Du bildest dir also ein, mir ein Geheimnis entrissen zu haben. Also ja: Deine Schwester ist herrlich! Herrlich und ungewürzt wie Wasser. Riecht so gut wie eine Bügelstube; meinethalben, wenn du willst, auch so dumpf.

REGINE: Und ich?

ANSELM: Auch Josef ist eigentlich ein herrlicher Mensch. Wir haben uns erlaubt, auf ihn hinabzusehn. Gewiß, sie sind aufreizend schwerfällig in Gemüt und Geist, diese Menschen. Aber ich will dir etwas sagen: Auch das ungewöhnliche Erlebnis ist nichts als eine umgestülpte Gewöhnlichkeit. Und selbst in einem Rindergespann ist das Leben reicher als in einem Kopf wie Thomas, und ein Kutscher, der bei seinen Pferden schläft, weiß von der Welt mehr als er und du!

REGINE: Ich soll also zu Josef zurück?

ANSELM: Gott, ich meine, vorerst einmal in frische Luft hinaus. Hier wird man diese gestockten Erlebnisse mit Johannes nie los. Wie ein Zimmer am Morgen nach einer Zecherei ist es hier.

REGINE: Also: mit dem Kopf in «herrliches» frisches Wasser! Ich will aber nicht. Ich werde mich eher töten. Hörst du? Aber nicht deinetwegen.

ANSELM: Sagt das nicht jede, wenn sie sich verlassen glaubt?

REGINE: Ich habe andere Demütigungen ertragen. Hast du dir diese lang überlegt?

ANSELM: Was heißt das?

REGINE: Hast du vielleicht unser kleines gelbes Buch wieder aus dem Koffer genommen und für Josef liegen lassen?

ANSELM: Du weißt es also? Woher? Ich könnte es abstreiten, denn du läßt ja alles liegen. Aber: ja! Ich hab' es getan: Weil ich schon wußte, was mir mit dir bevorsteht. Du bist mir zu nahe gekommen. Du willst mir nicht mehr aus dem Weg gehn! Ich bin nicht so stark, daß ich dich auch retten könnte; gerade dich nicht. Deine verfluchten Schwächen haben alle Kerker in mir aufgewiegelt!!

REGINE: Und Josef gibst du dich preis? Diese herrlichen Menschen scheinen jetzt starken Einfluß auf dich zu haben. Dir war es doch sonst unerträglich, wenn jemand auch nur das geringste über dich wußte, als wärst du dann schon in seiner Macht. Du hast doch lieber etwas Böses über dich erlogen als etwas Gutes zugegeben, wenn es wirklich wahr war.

ANSELM: Bis Josef es versteht, wollte ich weiß Gott wo sein. Ich wechsle den Namen und fange noch einmal an. Ich will noch einmal anfangen, verstehst du! Ich muß noch einmal anfangen! Du wirst mich nicht festhalten!

REGINE: Also du wolltest wieder ein neues Leben beginnen. Und das war an dem Tag, als du dich mit der Faust ins Gesicht geschlagen und fast geweint hast. *Sie äfft ihn mystisch nach.* «Es ist ein Wunder, daß ich dich gefunden habe! Es hat mich niedergeschlagen wie ein Wunder. – Ich möchte mich töten, um es nicht überleben zu müssen.»

ANSELM: Ja, das war der Tag! Ich fühlte, ich muß mich retten. Wir waren so unbegreiflich eins. Mein Leben war so wiederholt in dir. Noch einmal ich, bist du an meinem Weg gestanden, und es war eine flatternde Stille um uns und ein so plötzliches Hinausgleiten in diesen Ozean in uns und um uns, daß ich fühlte: Wenn das Schiffbruch wird, kommt nur einer von uns beiden wieder ans Ufer . . . Wie schal klingt das heute schon. Wie schmählich sind diese vergeblichen Versuche.

REGINE: Oh, es hat sich mir jedes Wort eingeprägt und ich konnte es dem Detektiv wiederholen, so daß es heute noch Thomas und Josef genau wissen werden.

ANSELM: Was heißt das? Du fieberst?

REGINE: Es war ein Mann da; gerade bevor du kamst. Ein Detektiv, ein ehemaliger Diener. Der war einmal mein Geliebter; er hat mich verlassen, wohl auch weil ein Mann höhere Interessen hat! Der weiß alles über mich; viel mehr, als nötig ist, um Josef zu bewaffnen; er hat es in einer dicken Mappe gesammelt, und den Rest habe ich ihm gesagt. Aber er weiß auch von dir viel mehr als du Josef preisgeben wolltest, um mich ihm auszuliefern. Er hat Briefe an deine Frau, in denen du beichtest. Er kennt dein ganzes Leben. Und was er noch nicht wußte, habe ich ihm auch gesagt.

ANSELM: Du warst nicht bei Verstand. Da muß doch sofort etwas geschehn, um den Mann zum Schweigen zu bringen. Wo ist er hin?!

REGINE: Nein! Josef soll es nur erfahren!

ANSELM: Was heißt, nein?! Willst du, daß wir hier vor Thomas und Maria daliegen wie ein Krötenpaar?

REGINE: Ja!

ANSELM: Wegen einer blöden Eifersuchtsgeschichte! Einer Liebesgeschichte, pfui Teufel! Hast du überhaupt eine Vorstellung von dem, was du anstellst? Alle diese Sinnlosigkeiten, die nur im Dunkel zwischen zwei Menschen möglich waren, sollen nun – erschöpft, wie sie sind – an den Tag kommen?!

REGINE: Anselm, du leugnest. Du hast nicht mich, du hast *uns* Josef preisgegeben! Weil du damals Mut hattest. Es war der Ausbruch aus dem Kerker der Vernunft! Oh, gleich als du kamst! Dein erstes Wort war, als ich dich fragte, wie *dein* Leben ausgefallen ist: Es ist eine einzige Demütigung gewesen. Und aus dem brünstigen Gewölk der Erinnerungen, aus dieser Bocksherde, deren stinkendes Gewimmel mir den Himmel verhüllt hatte, fuhr der Blitz: Demütigungen erleiden – das sind wir!

ANSELM: Sag nicht: wir! Du sollst dich nicht an mich pressen, als wäre ich du! Ich hasse deine Demütigungen! – Ja, ja, ich weiß, du hast mir diese Geschichte von Johannes erzählt und ich habe dich darin bestärkt.

REGINE: Und du hast ebensowenig daran geglaubt wie ich.

ANSELM: Und es ergriff mich unsagbar! Dieses Gespenst, das immer zusehn muß, wenn du dich andren hingibst, war unser Gespenst. Die Angst vor dem Alleinbleiben.

REGINE: Und die Angst vor dem Nichtalleinbleiben. Vor dem Beglotztwerden. Dem Beschleimtwerden! Bist du nicht lebenslang zitternd auf der Lauer gelegen und zugestoßen auf sie wie ein Hecht, um ihnen ein Stück des ihren aus dem Fleisch zu reißen, bevor sie dich fassen können? Schüchterner, du, Gescheuchter. Jeder Mensch kommt grausig zu seinem Bruder wie ein Fisch zur Leiche. Und jeder trägt ein Meer um sich!

ANSELM: Du hattest mich angesteckt mit diesen Einbildungen! Ich sah nur noch so. Als ob alle Sympathie, alle ursprüngliche Natur nur Angst und Verderben wäre!

REGINE: Dir drückt doch nur die Angst vor Thomas und Maria jetzt das Herz ab. Und die Scham über alles, was du getan hast. Bestie, du! Anselm! Wir sind nichts Wirkliches! Ob wir lügen oder nicht, gut sind oder uns wegwerfen: es ist etwas mit uns gemeint, das wir niemals richtig auslegen können. Das hast du gewußt und hast all unser Wirkliches dahingegeben. In dem einzigen Augenblick, wo du Mut hattest!

ANSELM: Ich kann es nicht mehr hören. Man kann etwas, das der Vernunft dermaßen widerstrebt, nicht ewig aufrechterhalten. Das ist heute so unerträglich verlogen und unnatürlich. Wo ist der Mann?!

REGINE *sieht auf die Uhr:* Ich weiß nicht, wo er ist.

ANSELM: Ah, du bist nichts als eine eiternde Wunde, die sich nicht schließen will!

REGINE: Einmal hattest du den Mut. Sollen wir wieder zurücksinken? Laß uns lieber jede Erniedrigung auf uns nehmen. Wenn man nicht mehr die Kraft hat, etwas andres zu sein, als man tut, ist man kein Mensch mehr!

ANSELM: Wo der Mann ist, will ich wissen?!!

REGINE: Das Tuch, Anselm! Du hast dich ja für das Tuch zu interessieren. Du mußt Maria das Schultertuch bringen!

ANSELM: Wo der Mann ist, will ich wissen!!!

REGINE *sieht nochmals zur Uhr:* So, jetzt ist es zu spät. Josefs Zug fährt ein, und der Mann steht am Bahnhof und übergibt ihm die Mappe. *Sie wird schwach und beginnt zu weinen.*

VORHANG

ZWEITER AUFZUG

Die Szene stellt Thomas' Studierzimmer dar. Die Wände vom seltsamen Muster der Buchrücken bedeckt. Im Hintergrund schräg ein großes geöffnetes Fenster. Park. Sich vertiefendes Dunkel. Anfangs brennt nur eine kleine Lampe.

Von der Darstellung dieser Szene gilt das gleiche wie im ersten Akt. Nur sind die Möbel spärlich und wuchtend; seelisch übergewichtig. Über und an manchen Stellen sogar zwischen den Büchern Sternennacht.

ANSELM *kommt vom offenen Fenster:* Wie die Bäume rauschen.

Man weiß nicht, ist es das Meer?

MARIA: Wir warten vergeblich, Thomas muß aufgehalten worden sein.

ANSELM: Weshalb in Wahrheit ist er in die Stadt gefahren?

MARIA: Er hat es nicht gesagt. Kurz nach dem Gespräch mit Josef ist er weggefahren.

ANSELM: Der Empfang war kläglich, das Fest! Josef hätte vom Eingang des Parks bis zu seinem Zimmer durch eine Allee der Desillusionierung wandern sollen! Allee des vergleichenden Jahrhunderts! Warum hat Thomas dann nicht Grammophone aufgestellt, die aus den Büschen Liebesschwüre in ausgestorbenen Sprachen hauchten?! Attrappen schöner Frauen, die zu Knochenstaub zerfallen, sobald man sie ansieht?! Seine Frösche und Mäuse ausgelassen?! Ins Beratungszimmer ein Röntgenbild der schönen Regine gehängt?! Gedärme um die Äste gerankt!!

MARIA: Abscheulich! Sie wühlen immer wieder in solchen Vorstellungen!

ANSELM: Weil ich voll Zorn bin! Wenn ich so denken *wollte* wie Thomas, nicht an den unsterblichen Teil glauben: ich könnte es viel besser. Ich könnte endlos Schmutz ausbrechen! *Er geht wieder zum Fenster.*

MARIA: Es sah auch so unsinnig genug aus. Und war doch nichts, das fühlte er selbst; er war nicht bei der Sache. Sie sind schuld, Anselm! Sie hatten versprochen, vorher zu ihm zu gehen.

ANSELM *kehrt unterwegs um:* Und Josef hat überhaupt nicht davon Kenntnis genommen, hat es gar nicht bemerkt, sagen Sie?

MARIA: Er sagte sofort: Ich habe dir Mitteilungen zu machen, die deine Haltung ändern werden. Man hatte den Eindruck, er sah und hörte nichts zuvor.

ANSELM: «Wichtige» Mitteilungen, sagte er?

MARIA: Nun ja, wahrscheinlich doch?

ANSELM: Er hätte ja auch gesagt haben können: schreckliche. Oder: abscheuliche . . .?

MARIA: Quälen Sie doch nicht wieder! Was soll es heißen, daß Sie selbst mir einreden, in dieser Mappe stehn unwürdige Dinge. Ich habe fast das Gefühl – Sie wollen mich vorbereiten.

ANSELM: Und dann schaltete Sie Thomas aus? Das hätten Sie nicht zulassen dürfen!

MARIA: Hetzen Sie nicht; Josef wollte mit *ihm* sprechen.

ANSELM: Von einem Detektiv stammt die Mappe? Thomas hätte Ihnen den Inhalt mitteilen müssen, bevor er in die Stadt fuhr, um Stichproben auf die Richtigkeit zu machen!

MARIA: Aber wer sagt, daß er das tut?! Ich finde diese Vorausset-

zung unvernünftig und unwürdig!
ANSELM *geringschätzig:* Er ist eifersüchtig!
MARIA: Er fürchtet mehr als Grund ist.
ANSELM: Er ist auf meine Ideen eifersüchtig. Und möchte mich von der Moral her vernichten wie ein Spießbürger!
MARIA: Bloß weil Sie heimlich tun.
ANSELM: Geben Sie mir die Mappe!
MARIA: Ich habe doch kein Recht dazu.
ANSELM: Ist sie hier im Schreibtisch?
MARIA: Ja. Aber den Schlüssel der Lade hat Thomas.
ANSELM: Öffnen Sie die Lade!
MARIA: Unaufrichtig, ohne mit ihm gesprochen zu haben, tue ich nichts. *Sie steht unwillig auf und geht zum offenen Fenster.*
ANSELM *beim Schreibtisch:* Tue ich nichts, tue ich nichts! Wir sind im Dunkel, in einer namenlosen Katastrophe: Folgen Sie mir!
MARIA: Ich will nicht mitschuldig werden!
ANSELM: Man muß den Mut zu Abkürzungen haben. Gerade so werden Sie sich schuldig machen.
MARIA: Das wäre Diebstahl!
ANSELM: Sie glauben, es müsse immer alles, was man tut, aussprechbar und benennbar sein; das ist das Verhängnis Thomas'! Aber man muß so handeln, daß man es nicht sagen, nicht denken, nicht einmal begreifen kann, sondern nur tun! Kein Mensch versteht ja heute zu handeln.
MARIA *wendet sich ab, dann rasch wieder zurück:* Wo ist Regine?
ANSELM *verstockt:* Ich weiß nicht ... Nein, ich weiß: Sie hat sich in ihrem Zimmer eingeschlossen.
MARIA: Noch immer? Weint und schreit? Läßt niemand ein?
ANSELM: Vermutlich.
MARIA: Horchen Sie! ...? Ich glaube, ich habe schon vorhin schreien gehört. *Verstört vom Fenster fort.* Ich halte das nicht aus; noch immer rauschen die Bäume so sinnlos.
ANSELM: Wie Wasser!
MARIA: Nein, der Wind läuft durch die Bäume; wie mit Füßen; läuft, läuft. Es ist so sinnlos.
ANSELM: Und geschieht? So viele Dinge in der Welt geschehen. Als ob lauter Uhren im Raum hingen und gingen und jede andere Zeit zeigte.
MARIA: Läuft, läuft ohne Atem zu holen, hören Sie! Es ist zum Fürchten.
ANSELM: Es ist auch zum Fürchten! Warum fiel dieses Blatt jetzt am Fenster vorbei? Bilden Sie sich nicht ein, daß irgend jemand es weiß. Überall zwei, drei Schritte weit Antwort, dann Nebel. In

jeder Sekunde gleiten Forderungen an Sie heran, Tatsachen mit roten, grünen, gelben Augen und Nebelhornrufen. Drohen Entscheidungen und entgleiten im Nebel. *Er hat seinen Kopf mit beiden Händen gefaßt.* Mein Leben, Gott, wenn ich über mein Leben nachdenken wollte, es ist voll solcher Lichter!

MARIA: Was für ein Anfall ist das bei Regine?

ANSELM: Kleinmut. Nerven ... Wilde Ohnmacht!

MARIA: Aber das wäre doch geradezu Hysterie!

ANSELM: Oder Zügellosigkeit. Ich mag nicht daran denken!

MARIA: Und Sie wissen bestimmt: Nur diese Aufzeichnungen sind schuld daran?

ANSELM: Sie müssen ihr entwendet worden sein; sie stellen sie bloß.

MARIA: Und was steht darin?

ANSELM: Ich habe sie ja nicht gelesen.

MARIA: Und über Sie? Über Sie – steht gar nichts darin?

ANSELM: Nur Belangloses könnte. Oder Lügen, die ich nicht kenne.

MARIA: Und in dieser Lade sollen sie sein?

ANSELM: Ich habe Ihnen ja schon alles gesagt.

Maria versucht mit einem Schlüsselbund die Lade zu öffnen. Es ist dunkel geworden und Anselm dreht, damit sie sieht, die volle Zimmerbeleuchtung auf.

MARIA *hält ein:* Lassen Sie mich mit ihm sprechen.

ANSELM *heftig:* Nein! ... Sie müssen etwas Heimliches tun. Fortkommen. Einen Entschluß müssen Sie fassen. Das ist kein Gedanke, Maria. Fassen: wie wenn Sie im wesenlosesten Dunkel Ihre herrliche Hand schließen würden und plötzlich darin etwas eines unerwarteten, wundervollen Körpers fühlten!

MARIA: Das ist alles so unnatürlich. *Sie unterbricht sich wieder.* Selbst wenn Sie sagen würden, wir werden zusammenleben wie Mann und Frau: ich könnte mit Thomas sprechen. Aber so ist es nichts und doch etwas Fürchterliches ... Können wir denn nicht bloß Freunde sein?

ANSELM: Ich will ja nichts für mich! Als Knabe, verstehen Sie, als ahnungsloses Kind, empfing ich, sobald ich Sie sah, ein überall im ganzen Körper ausgebreitetes Glücksempfinden, vor dem ich mich durch nichts zu retten wußte. Um wieviel stärker ist das als – bei einem Mann, wo es sich wie ein Abszeß lokalisiert und aufbricht!

MARIA *bewegt:* Ich werde die Ahnung nicht los: all das soll bloß geschehn, weil Sie für irgend etwas Rache an ihm nehmen wollen ...!

ANSELM: Glauben Sie mir: ich bin nicht deshalb in sein Haus gekommen. Wenn jemals mich ein Mensch, noch so weit draußen, wie ein Leuchtfeuer Heimat träumen ließ, war er es. Wenn jemals ein Menschenantlitz aller Menschenantlitze Kraft in sich schloß ... Aber Haß? Ja; vielleicht trotzdem Haß! Vielleicht deshalb Haß? Ich glaube manchmal, man darf Böses nur einem antun, den man liebt; sonst ist das Böse so schmutzig wie die Liebe, die ein Mann ins Bordell trägt!

MARIA: Sie sollten nicht Liebe sagen, solange Sie Zorn, Schmutz und Böses mitfühlen müssen!

ANSELM *verzweifelt:* Aber wie denn?? Wie soll ich es nennen?! Menschen brauchen! Wer ein Mensch ist, kann doch nicht nur so in seinem eignen Gedankennetz hängen wie Thomas! Muß gewinnen, geliebt werden, ermuntert! Aufschwingen gemeinsam! Das ist doch quälendes Bedürfnis?! Nicht allein sein, Maria!! Allein sein heißt: nicht wissen, wohin. In dem unerträglichen Wirrsal von Wahrheiten, Wünschen, Gefühlen! Haben Sie Mitleid mit jeder Täuschung, Bösem, Lüge, die dazu gedient haben, eine unbeschreibliche Angst zu beschwichtigen, die Sie nicht kennen.

MARIA: Still! Oh, horchen Sie lieber; hat sie nicht wieder geschrien?

ANSELM: Sie schreit ohne Unterlaß, aber man hört es bloß manchmal.

MARIA: Aber man muß ihr helfen; warum helfen Sie ihr nicht?!

ANSELM: Warum helfen Sie nicht? ...

MARIA: Wozu verleiten Sie mich? Sie sind ganz verändert! Sie ziehen mich auch schon hinein; ich habe ihm gesagt, daß Sie sein Freund sind.

ANSELM: Ich erscheine mir manchmal wie ein Entsprungener, ohne Halt abwärts Gehetzter. Aber bedenken Sie nur, wieviel Leid es in jedem Augenblick in der Welt gibt; welchen Ozean von Leid und Ungewißheit, in dem wir alle mit dem Ertrinken kämpfen: sollte es darauf ankommen, ob man diese eine Sache roh oder sanft beendet? Es kommt nur darauf an, wie man sie ins Ganze stellt.

MARIA: Und Sie meinen, daß Reginens Zustand nicht schlechter wird, wenn wir zu dritt reisen?

ANSELM: Nein; die Mappe muß aus der Welt geschafft werden. Dann werden diese Übertriebenheiten einschlafen. Die Loslösung wird sich allmählich vollziehen; wie eine Aufrichtung, ich verspreche es Ihnen!

MARIA: Horchen Sie! Schon wieder!

ANSELM *faßt wild ihre Hand:* Sie fühlen ja auch, wie sie leidet! Wie sie sich festklammert; wie eine kleine Katze, die ertränkt werden soll! *Sie gehen gemeinsam zum Fenster.*

MARIA: Regine wird sich noch etwas antun.

ANSELM *preßt ihre Hand:* Glauben Sie?! Ah, ich verlasse sie! Und fühle ihr eingebildetes Recht auf mich, als flatterte ihr Herz nach einem Ausweg suchend in meinem. *Sie horchen.*

MARIA: Was schreit sie?

ANSELM: Johannes.

MARIA: Diese Wahnidee.

ANSELM: Es ist keine Wahnidee. Sie ruft mich. Alle rief sie Johannes. Es war ihre Ausrede. Oh, ihre von der Wahrheit gehetzte Aus-Flucht! *Man scheint jetzt nichts mehr zu hören. Maria hat sich losgemacht und ist wieder zum Schreibtisch zurück gegangen.* Sie hat ihn zum Selbstmord getrieben, das wissen Sie ja; weil er an sich verzweifelte: sie wollte ihn nur wie eine Schwester gern haben.

MARIA *wieder das Schloß versuchend:* Regine wie eine Schwester lieben?! Glauben Sie das wirklich?

ANSELM: Ja; damals war sie so. Und er war überaus empfindlich, er war viel zarter als Regine.

MARIA: Ich denke, Regine war überhaupt nie zart; wie hätte sie sonst dieses Leben ertragen können, von dem Sie mir erzählt haben. *Unwillig.* Es paßt kein Schlüssel.

ANSELM: Versuchen Sie diesen. *Er reicht ihr einen von sich.*

MARIA: Nein, nein. Ich will nicht mehr.

ANSELM *nachdem er den Schlüssel vergeblich selbst angesetzt hat:* Ich werde es mit dem Messer versuchen. *Er öffnet sein Taschenmesser.*

MARIA: Lassen wir es lieber.

ANSELM *sie zur Seite schiebend:* Nein; ich will! *Er versucht das Schloß aufzusprengen.*

MARIA *sucht ihn zu hindern:* Lassen Sie es, ich will nicht mehr! *Sie zuckt wie vor einem wilden Schrei zusammen.* Schon wieder! ... *Sie horchen* ... Nein, das war eine Tür. Thomas? Schrecklich. Gehn Sie! Hören Sie: Schritte.

Anselm steckt rasch das Messer ein.

FRÄULEIN MERTENS *stürzt ins Zimmer:* Gott! Ich komme von Frau Regine; sie läßt mich nicht ein! Horchen Sie doch!

MARIA: Ach, bin ich erschrocken ...! Ja, wir haben es ja auch gehört, aber was soll man tun? Den Arzt holen?

FRÄULEIN MERTENS: Nein, sie will keinen Arzt.

ANSELM: Natürlich nicht; das muß man auslaufen lassen.

FRÄULEIN MERTENS *ist zum Fenster gegangen:* Wirklich, man hört es. *Sie wendet sich scharf zu Anselm.* Doktor Anselm? Ich frage Sie: hören nur Sie nicht, wie Regine weint?

ANSELM *aufgerissen von Schmerz und Selbstironie, völlig ohne Fassung:* Sie singt ja. Es war nicht Lüge, Schmutz singt sie! Nicht Erniedrigung vor Schweinen, Mannstollheit. Nicht Schwäche, gekünstelte Ausrede, Aberglaube; Kranksein, Schlechtsein. Das kann man nur singen. In gewöhnlicher Sprache *ist* es das gewesen!

FRÄULEIN MERTENS *vor Empörung und Überraschung fast wortlos:* Doktor Anselm . . .???

ANSELM: Die Männer haben ihr nie auch nur das geringste bedeutet, oh, gewiß, ich weiß! Sie hat Johannes sterben lassen, sie hat Josef geheiratet, wie man einen Verwalter anstellt. Aber irgendwann begann sie zu glauben, daß sie an Johannes etwas gutmachen müsse, indem sie andren Männern hinwerfe, was sie ihm verweigert hat. Nach dem Tod ist ja schon mancher heilig gesprochen worden, und der Wunsch soll nicht selten der Vater eines Gedankens sein.

MARIA: Aber schweigen Sie doch!

FRÄULEIN MERTENS: Sie mißbrauchen die Einbildungen eines überzarten Frauengewissens!

ANSELM: Sie lieben sie doch? Also werden Sie wohl das verstehn: Schon als Kind verkroch sie sich im Garten, während wir andren sprachen, unter irgendeinen Busch und nahm Erde in den Mund oder Steinchen, nahm Würmer in den Mund, bohrte in der Nase, kostete die Ausscheidungen ihrer Augen und Ohren. Und dachte: Einmal wird plötzlich etwas ganz Wunderbares daraus entstehn! Was haben Sie? Ist Ihnen übel? Sie lieben doch Ihre Heilige. Ihre Sankt Potiphar?! Männer, das ist ja nichts andres, das ist doch auch nur – das Geheimnis, das man in den Leib nimmt.

FRÄULEIN MERTENS: Sie verleumden!

ANSELM *in nervöser Verzweiflung:* Aber quälen Sie mich nicht! Glauben Sie denn, ich möchte ihr nicht helfen?! Wenn ich nur selbst wüßte – wie zu helfen ist!

FRÄULEIN MERTENS: Ich werde mich vor ihre Türe legen, wenn sie mich nicht einläßt! – Und ich konnte glauben, nie ein so zartes Bild erotischer Delikatesse gesehen zu haben! *Ab.*

MARIA: Wie konnten Sie mit solcher Roheit sprechen!

ANSELM *geht erregt hin und her:* Die hat genug. Die kommt nicht noch einmal mit; sollte sie noch so Regine geliebt haben. Gibt es etwas Unappetitlicheres als die Tugend?!

MARIA: Aber niemals durften Sie Regine so preisgeben!

ANSELM: Warum macht sie solches Aufsehn! Mit der ganzen Reise hierher!

MARIA: Ist des denn besser, wenn man etwas heimlich tut?!

ANSELM: Ja! Zum hundertsten Male: Ja! Ich werde immer vorziehn, im geheimen Unrecht zu tun, statt ein ungewöhnliches Recht öffentlich zu vertreten; es ist würdiger. Thomas tut alles öffentlich. Verstandesmenschen sind immer offen. Aber ich vermag zu lügen nur aus dem einen Grund, weil mir vor der Befriedigung eines fremden Menschen graut, der mich aufmerksam zu verstehen glaubt. Das klebt ärger als eine brünstige Frau; das ist, als wäre man versehentlich in so ein Gehirn hineingetreten!

MARIA *schaudernd vor der Erinnerung:* Es ist das Widerlichste auf der Welt, ein Weib, das sich so vergißt.

ANSELM *umschlagend:* Oh, nicht so einfach; so einfach ist es ja auch nicht. Als Johannes tot war, aß Regine wochenlang fast nichts; ein paar Keks täglich war alles. Sie magerte ab, sie wollte eine überirdische Gemeinsamkeit mit ihm erzwingen. Das war sehr schön, sehr stark. Glühender Zustand der Güte. Sie liebte gar nicht ihn, sondern sie liebte. Leuchtete! Aber dann kam die Wirklichkeit, die – Thomas triumphiert ja darüber! – immer recht behält; alle die tausend Stunden, die irgendwie zugebracht werden müssen und werden. Und jede hinterläßt nur eine ganz kleine Blatternspur von: siehst du, es ist gegangen. Und mit einemmal hat das ganze Gesicht davon den zwinkernden Ausdruck fertiger Mensch. Sie ahnen nicht, wie viele Menschen daran zugrunde gehn, daß sie es fertig bringen zu leben! Aber wir verlieren Zeit, Sie wollten doch die Lade zu öffnen versuchen.

MARIA: Sprechen Sie zu Ende, ich will Ihnen dann antworten.

ANSELM *sieht sie einen Augenblick lang mißtrauisch prüfend an:* Ja! Ich *kann* es verstehn! . . . Ich wußte, daß Sie darauf warten. Ich kann verstehn, daß ihr dann jede Untreue, die sie in diesem Leben beging, wie eine Treue gegen das andre erschienen ist. Jede äußere Erniedrigung wie eine innere Erhöhung. Sie schmückte sich mit Schmutz wie eine andre mit Farben. Ist das nicht auch schön?

MARIA: Nein!! *Sie starrt ihn ungläubig prüfend an und wirft dann ihren Schlüsselbund weit fort.* Ich tue es nicht mehr!

ANSELM *entschlossen:* Ja, dann lassen Sie es mich tun. *Er öffnet wieder sein Messer.*

MARIA: Nein, ich dulde es nicht! Es ist etwas Geheimes in Ihnen, das Sie mir nicht gestehn wollen; das Sie mit Regine verbindet! *Sie verbirgt sich im Stuhl am Schreibtisch.*

ANSELM *geht vor ihr auf und ab und bleibt zeitweilig erregt stehn:* Was glauben Sie, soll es sein? Haben Sie es denn gehört, sie hat wieder begonnen? . . . Ganz allein im Sternenmeer, im Sternengebirge sitzt sie und kann nicht sprechen. Sie kann nur häßliche Gesichter schneiden, kleine böse Regine . . . Auch eine Fratze ist von innen eine Welt, ohne Nachbarschaft mit ihrer Sphärenmusik allein in die Unendlichkeit gebreitet . . . Sie konnte mit dem Käfer nicht sprechen und steckte ihn in den Mund; sie vermochte mit sich selbst nicht zu sprechen und aß sich. Sie konnte auch mit den

Menschen nie sprechen und fühlte doch – dieses entsetzliche Verlangen, sich mit ihnen allen zu vereinen!

MARIA: Nein, nein, nein, nein!! Das ist die Lüge!

ANSELM: Aber Lügen sind zwischen fremden Gesetzen verfliegendes Heimatsgefühl von traumhaft nahen Ländern, verstehen Sie das nicht?! Sind seelennäher. Vielleicht ehrlicher. Lügen sind nicht wahr, aber sonst sind sie alles!

MARIA: Aber sie ist ja so widerlich verlogen, diese Ausrede mit Johannes!

ANSELM: Sie glaubt ja auch nicht daran. Nein, Maria, sie glaubt nicht daran. Sie glaubt auch nicht, daß es einen Sinn hat, zu schrein. Sie tut es bloß. Und fühlt dabei, daß sie Geheimnis ist, das sich nicht verständlich machen kann. Es ist der letzte, zufällige, falsche Ausdruck dafür, der ihr geblieben ist. Eine ungeheure menschliche Not liegt darin; vielleicht unser aller Not!

MARIA *springt auf:* Ich kann es nicht mehr anhören! *Es bleibt ungewiß, ob Anselms Reden oder die Schreie Reginens, die man wieder zu hören scheint.* Entsetzlich diese Sinnlichkeit! *Sie wollte zum Fenster, aber Anselm steht ihr im Weg, und sie hält sich mit beiden Händen an ihm fest.* Gehn Sie doch mit ihr fort!!

ANSELM: Nein. Ich kann nicht. Mitkommen, eine Weile noch, dürfte sie. Geben Sie mir jetzt die Schlüssel.

MARIA: Ich habe Sie jetzt zum erstenmal berührt und soll mit Ihnen fliehn; es ist ja zu lächerlich!

ANSELM: Vertraun Sie mir die Schlüssel an.

MARIA: Nein . . . Ich kann Ihnen nicht vertraun!

Er will die Schlüssel aufheben, Maria verwehrt es und nimmt sie selbst; sie stehn einen Augenblick lang kämpfend aneinandergepreßt.

ANSELM *faßt ihre Hand und setzt sich die Nägel an Hals, Lippen und Augen:* Berühren Sie mich! Tun Sie mir weh! Hier! Hier! Nehmen Sie ein Messer, schneiden Sie Zeichen in mich wie in einen Baum! Wenn Sie mir nicht glauben! Quälen Sie mich, bis ich bewußtlos werde und Sie mit mir beginnen können, was Sie wollen.

MARIA *reißt sich los:* Sie sind wie ein böser kleiner Junge und ich soll Sie verführen, das verlangen Sie.

ANSELM *wirft sich in ihren Stuhl:* Ich verlange nichts für mich . . . Als die Erlaubnis, Ihre Schuhe vor die Türe tragen zu dürfen. Ihre Röcke auszubürsten. Die Luft zu atmen, die in Ihrer Brust war. Das Bett zu sein, das Ihren Abdruck bewahren darf. Mich für Sie hingeben zu dürfen! Alle andre Wirklichkeit wird davor ungewiß.

MARIA *abwehrend und begütigend:* Solange wir uns kennen, haben wir voneinander nicht mehr gesehn als Gesicht und Hände.

ANSELM: Aber als ich mich an Sie lehnte, war mir, als ob mein Leben fern von allem, was geschieht, ohne Arme, ohne Hände, das Ihre halten und berühren könnte. *Er greift wieder nach ihrer Hand.*

MARIA *unsicher:* Wir sind ja keine jungen Menschen mehr.

ANSELM: Das heißt nur: Thomas hat Sie mutlos gemacht. Man hält es schon für unnatürlich, wenn der Weg der menschlichen Annäherung einmal nicht durch etwas führen soll, das von der Art wie Essen und Verdauen ist. Ich will Ihr Leben besitzen. Der Gnade Ihres Seins teilhaftig werden!

MARIA: Aber warum müßte es dann eine Frau sein?!

ANSELM: Weil Sie eine Frau sind. Weil es unsagbar verwirrend ist, daß Sie zu allem auch noch eine Frau sind. Daß Ihre Röcke eine Glocke von Unsichtbarem über den Fußboden wandern lassen!! *Er vergräbt den Kopf in den Armen.*

MARIA: Nein, nein, das sind Ausreden, Anselm . . .

ANSELM: Mehr weiß ich nicht zu sagen, liefern Sie mich Thomas aus!

MARIA *berührt seine Hand, damit er aufsieht. Er tut es nicht. Sie setzt sich auf die Lehne:* Anselm, es ist alles so beängstigend unnatürlich, was Sie sagen. Abgetane Kindereien. Vergrabene.

ANSELM *den Kopf halb hebend:* Aber so ungeheuer gleichgültig ist Ihnen ja doch alles «Wertvolle», «Wichtige», was Sie jetzt tun.

MARIA: Nein, nein! . . . Ja. – Aber ich will nicht!!

ANSELM *richtet sich auf:* Es ist etwas in Ihnen, dem das gar nichts gibt, und Sie haben nicht den Mut gehabt, dafür zu leben! Ein Leben, wie Sie es jetzt führen, hätten Sie früher verachtet.

MARIA: Damals waren einem zwei Stunden, zuviel geschlafen, als etwas erschienen, das man nie wieder einholen kann, das noch nach Tagen plötzlich schmerzend als Verlust zu Bewußtsein kommt; darin haben Sie recht. Wir fühlten, wir sind. Wir aßen wenig, gönnten dem Körper nicht zuviel Raum. Manchmal hielt ich den Atem zurück, solang ich konnte. Aber in Wirklichkeit war das doch ganz resultatlos. *Sie hat es mit Kritzeleien auf einem Blatt Papier begleitet.*

ANSELM: Ist das resultatlos? Fünf Minuten vor dreiviertel neun Uhr des Morgens pflegten Sie in den Park zu kommen. Ich sehe diese Zeigerstellung in meinem Zimmer noch vor mir. Ich nahm eins meiner Bücher, in das Sie Ihren schönen Namen geschrieben hatten, und zog ihn nach: Aus der Hand durch den Raum genau den Weg gehend, den Ihre Hand gegangen sein mußte. Dann lief ich Ihnen nach.

MARIA *steht abstreifend auf:* Das sind Kindereien, das hat mit uns doch nichts mehr zu tun.

Anselm *aufspringend:* Das waren Taten! Unausdrückbare Formen der Freundschaft. Handlungen sind ja das Freieste, was es gibt. Das einzige, mit dem man machen kann, was man will, wie mit Puppen. Wunschwelt, unbegreiflich räumlich gewordene! *Wieder wie von Erinnerungen erschreckt.* Es ist ja alles, was mit uns geschieht, nicht zu verstehn, und nur wenn wir selbst etwas tun, sind wir geborgen, mitten drin im Unbegreiflichen selbst.

Maria: Erkennen Sie das noch? *Sie zeigt ihm ihre Zeichnung.*

Anselm *unterbrochen, fast ärgerlich:* Ein Zuckerhut? Ein Engel?

Maria: Schließen Sie das Fenster. Ich habe immerzu das Gefühl, es kommt jemand durchs Fenster herein.

Anselm *einen Vorteil witternd:* Sagen Sie mir zuvor, was das ist.

Maria: Das war auch damals. Ich hatte Ihr Gesicht aus dem Gedächtnis gezeichnet, es sah nicht schöner aus als das, und wollte Ihnen zum Trost etwas Liebes tun und zeichnete mich im Nachthemd dazu.

Anselm schlägt rasch das Fenster zu, um die Situation auszubeuten. In dem Augenblick, wo das Fenster geschlossen ist, hört man aber ganz nah eine Tür.

Maria *wie ertappt:* Das ist Thomas! Gehen Sie! *Sie löscht sinnlos das Licht aus.* Gehn Sie fort, ich ertrage das nicht! Nein, bleiben Sie, drehn Sie das Licht auf, ich habe es schon zerrissen. Er kennt diese Zeichnung, ich habe es ihm einmal erzählt. So drehn Sie doch das Licht auf!!

Anselm *verwirrt:* Ich finde das Licht nicht ...

Thomas tritt in das dunkle Zimmer. Nur in der Nähe des Fensters ist noch etwas Helligkeit. Dort bewegt er sich hin und her. In der dunkelsten Zimmerecke vermutet er Anselm und Maria.

Thomas: Ist jemand hier?

Anselm: Ich, Thomas; guten Abend.

Thomas: Bist du allein da?

Anselm: Nein, wir haben auf dich gewartet, Maria ist hier. *Gezwungen leicht.* Wir haben uns verplaudert und können jetzt das Licht nicht finden. *Er tastet an der Wand.*

Thomas: Wozu auch; es ist ja ganz schön im Dunkel.

Pause.

Thomas: Aber warum unterhaltet ihr euch nicht weiter? Störe ich wieder? ... Aber unterhaltet euch doch um Himmels willen weiter; wovon habt ihr gesprochen? Darf ich es nicht wissen?

Maria: Es war nicht so schön; Regine ist nicht wohl.

Thomas: Und Anselm hat hier auf mich gewartet, um damit zu erklären, warum er nicht zu mir gekommen ist.

Maria: Ich werde Licht machen.

THOMAS: Ich bitte dich, laß es dunkel. Das ist ja wahrhaftig eine merkwürdigere Sache, als du glaubst, zwei Männer im Dunkel. Kann uns dein Auge unterscheiden: nein. Du hörst bloß noch nicht: einer sagt auch genau das gleiche wie der andre. Ich versichere dir aber: so ist es. Denkt das gleiche. Fühlt das gleiche. Will das gleiche. Der eine früher, der andre später, der eine denkt es, der andre tut es, der eine wird gestreift, der andre ergriffen. Aber ob man der Detektiv ist oder der Verfolgte, der Brennende oder der Löschende, wahr oder lügt: Wenn man überhaupt einer ist, ist es immer das gleiche Spiel Karten, nur anders gemischt und ausgespielt.

MARIA *als wollte sie entsetzt fragen: du bist betrunken?:* Thomas, du ...?

THOMAS: Was, Thomas du! Man hat Freunde, damit man nicht eitel wird. Laß dich nicht täuschen. Es ist nur ein Irrtum, daß man sich wegen der Verschiedenheiten totschlägt. Die Ähnlichkeit ist das Furchtbare! Der Neid, weil man sich unterscheiden will, trotzdem man an *einem* Block festklebt. Gesteh das zu, Anselm! *Schweigen.*

Oh, nur Dunkelheit und Schweigen. *Er wartet.*

Aber da in der Lade liegt meine Pistole. Seit wir Knaben waren, wolltest du immer stärker sein als ich. Wenn ich nun schießen würde? Auf das etwas dunklere Schwarz dort kann ich ganz gut zielen ... *Er wartet. Schweigen.*

Natürlich, du hältst gut aus. Du beißt die Zähne zusammen. Du läßt nicht locker. Maria soll glauben, du hast Gefühle, die den Tod selbst überdauern ... Aber hast du jetzt gehört? Ich habe den Schlüssel gedreht ... Jetzt habe ich die Lade auf ... Noch zwei Minuten und ich bin dich los, ich kann dein Gehirn an die Wand schmieren! *Er wartet.*

Wenn du nicht geantwortet hast, bis ich hundert zähle, hat es dich nie gegeben. Eins ... Zwei ... Du warst nur eine Einbildung, oh, ich wäre so glücklich. Drei ... Er hat ja kein Werk, er hat nichts geleistet! Er kriecht herum und reibt sich an Menschen. Verstehst du, Maria, er hat keine Bestätigung, er muß geliebt werden wie ein Schauspieler. Aber er kann doch geliebt werden? Nicht? Er kann doch?!

MARIA: Du träumst, Thomas ...?

THOMAS: Ah, ihr traut mir nicht zu, es zu tun. Aber er hat mich um meine Stellung im Leben gebracht –

MARIA: Du hast es selbst wollen!

THOMAS: Du hast recht, du hast recht; – *man sieht ihn aufstehn und sich dem Platz nähern, wo er Anselm vermutet* – ich habe das wollen! Denn nun ist es wie in der Welt der Hunde. Der Geruch in deiner Nase entscheidet. Ein Seelengeruch! Da steht das Tier Thomas, dort lauert das Tier Anselm. Nichts unterscheidet sie vor sich selbst, als ein papierdünnes Gefühl von geschlossenem Leib und das Hämmern des Bluts dahinter. Habt ihr kein Herz, das zu begreifen?! Jagt es uns nicht in den Tod oder – einander in die Arme?!

MARIA *ist geängstigt aufgesprungen und vertritt ihm den Weg:* Thomas, du hast getrunken!?

THOMAS *ein Zündholz anreibend:* Sieh mich doch an! *Er sucht mit der kleinen Flamme nach Anselm, Maria dreht rasch das Licht auf. Die Lade ist offen, aber Thomas steht ohne Waffe da.*

THOMAS *mit den Blicken noch immer Anselm vermissend:* Sieh mich nur an ...

Anselm ist weg.

THOMAS: Fort? Lautlos verschwunden? ... Lautlos gekommen! Was ist zwischen euch gewesen?

MARIA *heftig:* Es ist nichts gewesen!

THOMAS: Nichts? Das ist eben alles! Ich weiß, daß du mir nie ein unwahres Wort sagen würdest. Nichts hat sich gerührt; aber die ganze Erde, mit allem, was darauf ist, bewegt sich.

MARIA *fest:* Ist es wahr, daß du in die Stadt gefahren bist, um dich von diesem – Bericht zu überzeugen?

THOMAS: Josef hat mich einfahren gehört, wir müssen kurz machen. Anselm ist nicht gekommen. Ich hatte mir die Brust aufgebrochen vor ihm, und er hat es nicht der Mühe wert gefunden, zu kommen!

MARIA: Also ist es wahr ... *Entschlossen.* Gib mir den Bericht; ich will ihn verbrennen!

THOMAS *sieht sie in anfangs wortloser Aufregung an:* Das ist ein großmütiger Einfall! Wahrhaftig, der hat Anselms Schwung! Ich gebe dir die Beweise natürlich nicht.

MARIA: Du gehst geheime Abmachungen gegen Anselm ein. Du duldest, daß Josef im Haus bleibt, eine ganz unmögliche Situation. Fährst in die Stadt, während er das Haus bewacht. Alles ohne mich zu fragen. Anselm ist mein Freund so gut wie deiner: ich willige nicht ein, daß er bei uns so behandelt wird!

THOMAS: Gut, ich gebe dir die Mappe. Aber du mußt mich ohne Vorurteil anhören. Wenn du sie dann noch willst ...: gebe ich sie dir. Warum ist er nicht zu mir gekommen? Weil er etwas zu verbergen hat: Er ist ein Schwindler!

MARIA: Aber das sagst du immer. Und dann sagst du wieder, er ist der Mit-Nichtmensch!

THOMAS: Trotzdem spielt er dir eine Komödie vor. Warum? Warum hat sich Johannes getötet?
MARIA: Aber das weiß doch keiner von uns.
THOMAS: Oh? . . . Weil er Anselm sein Vertrauen geschenkt hat.
MARIA: Doch viel eher, weil ihn Regine gequält hat. Weiter!
THOMAS: Es könnten ja dort in der Lade Beweise sein. Nicht sie sind es, sage ich. Aber hör' mich doch an! Ich will ja, daß du es endlich aus dir selbst heraus erkennst! Johannes fehlte – wie uns allen – jener dumme Tropfen Gläubigkeit, ohne den man nicht leben kann, keinen Freund bewundert und keinen findet, jener helle Tropfen Dummheit, ohne den man kein gescheiter Mensch wird und nichts leistet. Jeder Mensch, jedes Werk, jedes Leben hat an einer Stelle eine Fuge, die nur zugeklebt ist! Zugeschwindelt ist!
MARIA: Halt! Ohne einen Tropfen Dummheit kann man also nicht lieben?! Alles hat einen Riß, wenn man klug ist und nicht glaubt? Weiter.
THOMAS: Nein, nicht so weiter! Manchmal glaube ich, daß wir deshalb neue Menschen sein könnten; manchmal glaube ich zusammenzubrechen! Ich klage mich ja an, Maria! Alles, was ich getan habe, war rohe Kraft! Wegrasen über solche Stellen. Aber gläub doch nicht, daß Anselm besser ist! Johannes war vielleicht besser. Was du wenigstens so nennst. Er war schwach. Zart. Er glaubte, daß irgend ein andrer Mensch ihm darüber weghelfen müsse. Und Regine war wenig geeignet; zu neugierig noch und unabgelebt; eine Türe, die sich nicht schließen läßt. So kam er an Anselm. Der ging scheinbar auf ihn ein. Vertiefte aber die Mutlosigkeit noch mehr in ihm und bestärkte Regine gleichzeitig in ihrer Ungeduld dagegen. Anselm gewann beide – für *sich*! Bis Johannes es nicht mehr ertrug!
MARIA: Aber warum sollte er denn das alles getan haben?!
THOMAS: Warum? Weil er leidet wie Johannes selbst! Weil er Bestätigung braucht und Menschen! Wenn man nichts leistet, so muß man geliebt werden, um bestätigt zu sein. Er stiehlt Liebe, er bricht ein, er raubt sie, wenn es sein muß! Aber –: wenn er sie hat, weiß er nichts damit anzufangen. Schon an der Universität –
MARIA: Oh, das war anders.
THOMAS: Ja, er hat dich bereits gut bearbeitet. Aber merkst du nicht, daß er sich – wie alle Menschen, die immer jemand lieben – nur für sich interessiert? Daß es ihn zu jedem neuen Menschen hinreißt; wie eine Krankheit; er muß ihm schmeicheln und sich ihm einreden.
MARIA: Er mag Unüberlegtheiten machen. Aber Anteil nimmt er. Und das kommt von innen wie eine Quelle.

THOMAS: Sitz' ihm doch nicht auf. Das kommt wie die Praktiken und Schwindeleien von Medien, die längst außer Trance sind. Er liebt nicht, er haßt jeden Menschen wie der Angeklagte den Richter, dem er vorlügen muß!

MARIA: Aber wovon sprichst du jetzt schon? Fühlst du nicht, daß das Konstruktionen sind?

THOMAS: Fühlst du nicht, daß jeder Einwand von dir mir eine Qual ist?! Er lockt unter betrügerischen Versprechungen Menschen an, weil er mitten in der Unendlichkeit allein auf seiner eigenen Planke treiben muß! . . . Du verstehst mich nicht. Aber merkst du nicht, daß du und ich, wie du mich da anstarrst wie einen Irren, der elende Beweis dafür sind?!

MARIA: Aber steht etwas von dem, was du bisher behauptet hast, bewiesen darin?

THOMAS: Es steht . . . – *er zögert und überwindet sich* – nicht darin . . . Nein . . . Ich sagte ja, glaube ich, nur: nimm an. *Im Ton eines, der seine Sache verloren sieht.* Das läßt sich nicht beweisen; das muß man glauben.

MARIA: Aber das ist doch lächerlich; Thomas; armer Thomas.

THOMAS: Lächerlich, von mir gesagt; und von ihm getan, wäre es eine Quelle.

MARIA: Du selbst hast mir alle Tage von ihm erzählt, als er noch nicht da war und kommen sollte. Er hat das, hast du gesagt, was dir fehlt. Dieses einfache durch Interesse mit allen Menschen verbunden sein, ohne Kampf und Werk. Aber jetzt hast du dich aufhetzen lassen; nein, du selbst bist es, der Josef aufhetzt! Und Anselm dazu. Als müßtest du ihn wieder schlecht machen. Eigensinnig mit deiner größeren Kraft. Gib mir die Mappe, ich will sie – für dich selbst! – verbrennen.

THOMAS *zurückweichend:* Nein, noch nicht, nein! Jetzt haben wir nicht mehr Zeit, ich höre schon Josef. Geh, geh zu *ihm*! Ich bitte dich, geh noch einmal zu ihm! *Er drängt sie zur Tür.*

MARIA: Ich will nicht zu ihm gehn! Ich will mit dir sprechen!

THOMAS: Ich kann dich nicht reden hören! Geh zu ihm! Vielleicht – sieh ihn an und denk' an das, was ich sagte.

MARIA: Nein –

Aber da Josef eintritt – bei der andren Türe –, kann sie nicht weitersprechen. Ab.

JOSEF *dunkel gekleidet, Gesichtsausdruck wie bei einem Begräbnis:* Du verzögerst die Entscheidung zu lange; ich bin hier in einer unhaltbaren Situation. Regine vorenthält sich meinem Zuspruch, so wie sie meine Briefe nicht beantwortet hat. Sie mißbrauchte meine Langmut offenbar noch nicht genug!

THOMAS: Fahr' zurück, laß Zeit zu entwirren!
JOSEF: Hast du dich von der Richtigkeit meiner Darstellung überzeugt?
THOMAS: Ja. *Er entnimmt dem Schreibtisch die Mappe Staders und legt sie vor sich.*
JOSEF: Regine weiß kaum, was es heißt, einen Mann mitten in seiner Existenz zu treffen. Aber dieser krankhafte Lügner, dieser Hochstapler muß unschädlich gemacht werden! ... Ich dachte ja anfangs: eine Erholungsreise, eine nervöse Laune, dieses plötzliche Fortgehn ohne ein Wort zu sagen. Ich war schon bereit, auch diese Ungebührlichkeit hinzunehmen. Regine war ja gewöhnlich unfreundlich, eine Heilige sozusagen. Du verstehst mich, das hat ja auch seine guten Seiten: nie vermochte sie Erwärmung für Männliches zu zeigen. Aber da – ich suchte nach einem Wort der Aufklärung, der Güte, anstatt dieser knappen Mitteilung, daß sie zu ihrer Schwester gereist sei –, da fand ich dieses Büchlein, voll der abscheulichsten schriftlichen Ergüsse, denen ich kaum zu folgen vermochte ...!
THOMAS: Sie haben geschrieben, daß sie hierher reisen, weil Johannes hier mit ihnen gelebt hat?
JOSEF: Regine schrieb es, aber ich bin überzeugt: unter seinem Diktat. Wie dumm sonst, mir Waffen zu liefern: sie will mich doch auch immer betrogen haben! Um Johannes nah zu bleiben! Kannst du das verstehn?!
THOMAS: Ja.
JOSEF: Das kannst du verstehn?! Nun ja, so seid ihr alle: eine Idee braucht nur übertrieben zu sein, gleich habt ihr dafür eine Schwäche!
THOMAS: Ich kann etwas dabei denken. So wie Heimweh.
JOSEF: Ah, «gedacht» wird sie sich wohl auch etwas dabei haben: denn es ist ganz bestimmt nicht wahr! Die kalte, keusche Regine: Da liegt das Verbrechen, das Unverständliche beginnt da. Einem Toten durch Jahre ein lebhaftes Andenken bewahren, trotz ... – nun wir waren eben glücklich verheiratet! Aber mit dem könnte man sich schließlich abfinden, wenn es auch übertrieben ist; es ist sogar edel; aber natürlich doch schon sehr übertrieben. Nun denke jedoch: Treue? Das ist abnormal! Das ist auch schon eine Lüge! Und gar, sozusagen als Totenopfer, Laszivitäten? Eine förmlich pausenlose jahrelange Kette von Ehebrüchen?! Ganz abgesehn vom Tierischen, bloß der Schmutz der Heimlichkeiten und Lügen: Kannst du dir das bei einem so scheuen, anspruchsvollen und – ich kann ja zu dir wie zu ihrem Bruder sprechen – unsinnlichen Menschen wie Regine auch nur vorstellen?

THOMAS: Sie dürfte wohl zu stolz dazu sein.

JOSEF: Und wie stolz sie war! Es ist manchmal geradezu peinlich, wie hochfahrend sie über fremde Menschen urteilt. Aber da setzte eben die Arbeit dieses Burschen ein. Ich bin überzeugt, er wollte sich damit eine Art Rückversicherung für allerhand Möglichkeiten schaffen.

THOMAS *wie jemand, dem es trotz langer Mühe nicht klar wurde:* Aber warum soll er ihr das eingeredet haben?

JOSEF: Um mich zu treffen!

THOMAS: Waren denn diese Notizen an dich gerichtet?

JOSEF: Nein. Regine ist ja so entsetzlich unpraktisch, sie hatte einfach alle Papiere in den Laden liegengelassen . . . Aber sie konnten eben gar nicht anders als an mich gerichtet sein. Wahrscheinlich hat er es mit irgendeiner Absicht so veranstaltet, der Halunke! Denn die Ergebnisse meines Detektivs – weißt du, der Kerl ist ja nicht wenig übertrieben, seine wissenschaftliche Methode ist natürlich Unsinn, aber geschickt ist er – und alle seine Ergebnisse bestätigen es doch: Anselm schmeichelt sich an Menschen heran. Ich, zum Beispiel, mochte ihn von früher her gar nicht leiden, aber er packt dich ganz sanft und demütig bei deinen Schwächen, schmeichelt dir deine Gedanken heraus, du glaubst, noch nie von einem andren so verstanden worden zu sein. Um: wenn er dich hat, dir eine sorgfältig ausspionierte, berechnet grausame Verletzung zuzufügen. Wiederholt hat er sich doch sogar falscher Namen und Dokumente dazu bedient! Hat sich als adelig ausgegeben, als reich oder arm, gelehrt oder einfältig, Naturheilapostel oder Morphinist, je nachdem er es brauchte, um eine ahnungslose, aber doch noch irgendwie gewarnte Seele zu betören. Wie du weißt, gibt es darunter auch Geschichten, die ihm den Kragen kosten werden.

THOMAS *steht auf:* Aber wie erklärst du dir das?

JOSEF: Krank. Er ist ein gefährlicher Kranker. Aber das schließt seine Verantwortlichkeit keineswegs aus.

THOMAS: Ich denke fortwährend darüber nach; aber es ist zu wenig und zuviel.

JOSEF: Ich sage dir: ein gemeingefährlicher Kranker. Er hat das Ganze Regine künstlich eingeredet. Er haßte mich von früher, ich weiß nicht weshalb, ich habe euch allen gewiß nur Gutes getan; schon diese Gehässigkeit ist krankhaft! Und mit welchem Raffinement eines Abnormalen ist der Gedanke ausgebaut; man muß ihn sich nur – mit Mühe! – in eine logische Ordnung gebracht haben. Da heißt es: Solange sie an Johannes glaube, dürfe sie tun, was sie will. Denn er sei nichts als ihr eigenes Schicksal; der

Frühverstorbene, weißt du. Nicht eine Erinnerung, nicht ein Traum, was man alles zur Not verstehen könnte, sondern: – *er nimmt diese Worte förmlich in die Hand wie einen unverständlichen Mechanismus* – Das, was sie werden wollte, ihr Glaube an sich, ihre von Wirklichkeit befreite Illusion von sich! Sie – selbst – als – gut! Nun müßte daraus wenigstens folgen, daß sie Gutes tun wolle. Aber gefehlt. Je schlechter sie werde, desto näher komme sie Johannes! Denn man sei desto mehr bei sich, je mehr man sich verliere! Und Demütigungen zu erleiden sei das Schicksal des Geistes in der Welt! Demütigungen, das – verstehst du – bin dann schon ich; warum nicht ebensogut Geist wie Anselm, der doch nichts geleistet hat, weiß ich nicht. Ich sage dir: solche Aphorismen hätte Regine aus eigenem nie in ihrem Leben gemacht. Aber einmal so weit gebracht, muß sie sich natürlich aller möglichen Schändlichkeit bezichtigen! Er wollte sich damit den Rückzug sichern. Aber so dumm bin ich nicht. Wenn er sie schreiben hieß, sie habe ihn begehrt und verführen, er aber nur ihre Seele leiten wollen, er habe eher sich geschlagen und mit Selbstmord gedroht als das zuzulassen, «worauf ich und andre den größten Wert legen»: so hatte ich gleich den Verdacht und er hat sich verdichtet: – *vertraulich* – Darin spiegelt sich nur seine eigne abnorme Verfassung.

THOMAS: Aber ich bitte dich, im Grunde ist Anselm gar nicht anders als wir; das sind nur Akzentverschiebungen.

JOSEF: Ich würde dich bedauern. Er scheint doch in der Tat Angst vor ... nun davor ... vor einem Zuweitgehen zu haben. Man kann sich das nicht recht vorstellen. Um so weniger, als er eine Frau hat. Aber meistens scheint er wirklich eine ganz ungewöhnliche Erschütterung dabei zu erleiden. Statt einer Frau ist ihm plötzlich ein Mensch zu nahe gekommen! Eine überspannte Krisis bricht in ihm aus; das sind dann diese krankhaft gehässigen Handlungen. Lieber hält er sie ja an, «sich meinen Ansprüchen auszusetzen», wenn er auch «Martern» leidet!

THOMAS: Du hältst es also für sicher, daß sich eigentlich alles bei ihm nur um Freundschaft dreht. Natürlich kann es dann wider seinen Willen über diese Grenze hinaustreiben.

JOSEF: Stader – der Detektiv, weißt du – hat die einleuchtende Theorie aufgestellt: Wäre es weiter gegangen, dann wären sie im Haus geblieben. Denn dann scheut man das Aufsehn ... Und ich sage dir: Wenn er wenigstens ein Mann wäre, so wüßte ich, was ich zu tun habe! Aber er ist ein Abwegiger, ein Narr, eine weibische Memme! *Er sucht sich durch heftiges HinundHergehen zu beruhigen.* Und gutgläubig, Thomas, gutgläubig liebst du eine

Frau und sie liefert, angesteckt von solcher Narrheit, deine Ehre ihrem Mitnarren aus ...!

THOMAS: Ich habe dich in meinem Brief auf schwer bestimmbare Menschen vorbereitet.

JOSEF: Und hast mich als den Rückständigen hingestellt, in deiner sehr unnötigen Moraltheorie, was gar nicht dein Fach ist; nun siehst du wohl die Praxis. Aber ich glaube, du schämst dich deines Irrtums; die Tatsachen haben mir mehr Genugtuung gegeben, als du könntest. Du hast dich doch seit unsrer ersten Unterredung überzeugt, daß die Angaben stimmen?

THOMAS: Ja. Was ich nachprüfen konnte, hat gestimmt.

JOSEF: Und für diesen Fall hast du dich verpflichtet, ihn aus dem Haus zu weisen.

THOMAS: Ja. Ich habe mich verpflichtet. *Nach kurzem Kampf.* Aber ich kann nicht. Er darf gerade jetzt nicht fortgehn. Er muß noch bleiben. Dring nicht in mich. *Er legt die Mappe in den Schreibtisch zurück.*

JOSEF *sieht ihn staunend an, geht wieder hin und her:* Du verstehst mich nicht falsch? Ich verzichte durchaus nicht auf die Autorität, welche mir das Gesetz leiht. Ich zögerte nur aus Rücksicht für dich; und aus Abneigung gegen den Familienskandal ... Ich verlange, daß du dich vor den Frauen von ihm lossagst und ihm dein Haus verschließt.

THOMAS: Ich anerkenne deine Güte, ... aber das kann ich nicht.

JOSEF: Gut ... Das enthebt mich nicht meiner Pflicht, Ordnung zu machen. Gib mir die Dokumente zurück.

THOMAS *endlich ganz entschlossen, zieht den Schlüssel der Lade ab:* Nein. Entschuldige. Ich kann nicht.

JOSEF *erschüttert:* Hast du also wirklich Neigung zu ihm ...! So fängt es immer an. *Nach Überwindung.* Er ist hier, um dich und Maria ebenso zu betrügen, wie er es mir und Regine getan hat!

THOMAS: ... Ich weiß es. Aber ... meinst du es – so ganz einfach? So ganz ebenso?

JOSEF: Du kennst nicht alles.

THOMAS: Aber es ist nicht wahr! Er kann nicht gekommen sein, um mir Übles zu tun!

JOSEF: Aber du Narr! Du eingebildeter Narr! Du meinst, die einfache Wahrheit sei für dich nicht gut genug; das Einmaleins der Tatsachen, für dich gilt es nur, wenn es zugleich eine «höhere Wahrheit» ist!

THOMAS: Eben das wollte ich vielleicht sagen. Wenn du mir beweisen würdest, Anselm will mich betrügen, und wenn du mir beweisen würdest, – Maria will es: Das kann nicht wahr sein! Und das kann nicht falsch sein! Das kann nur etwas bedeuten, das damit gar nicht gesagt ist.

JOSEF: Also auch du bist berückt und verzaubert. Gut. Also bleibe ich hier.

THOMAS: Wie meinst du das?

JOSEF: Ich bleibe hier in deinem Haus. Du wirst mir nicht die Türe weisen, während du sie jenem Schurken offenhältst.

THOMAS *verwirrt:* Natürlich nicht, nein . . . aber das läßt sich nicht machen.

JOSEF: Und ich sage dir, daß ich nicht von hier fortgehe, bevor ich diesen «Kopfjäger» – ja siehst du, das ist der richtige Ausdruck, den habe ich für ihn gefunden – hier vor euch allen genötigt habe, mir die Schuhe zu lecken! Du wirst sehn, er tut es, er ist klüger als ihr! Er hält nicht stand, sobald er merkt, worum es sich handelt!

THOMAS *bitter und mit wachsender Ergriffenheit:* Du würdest es bereuen. Wenn auch nichts vorgefallen ist, so ist doch . . . eine Abwendung nicht fortzuleugnen. Du würdest mit Regine sprechen wollen, sie würde dir ausweichen. Du würdest ihr etwas beweisen und sie würde es einfach nicht hören. Verstehst du: eine Taubheit der Seele. Du würdest ihr mit dem Finger zeigen, er ist ein Schurke, und sie würde es nicht sehen. Du würdest den Verstand verlieren, wahrhaftig du würdest nicht mehr wissen, redest du sinnlos oder fliegen deine Wort fort?!

JOSEF: Ich werde mir Gehör zu verschaffen wissen. Ich will mir nicht vorwerfen müssen, daß ich durch Unentschlossenheit mich mitschuldig gemacht habe. *Ab.*

THOMAS *durchmißt in höchster Qual einigemal das Zimmer:* Du würdest denken, solch jahrelanges Beisammensein sei etwas Geistiges. Dann kommt einer, nichts hat sich geändert, aber alles, was du tust, ist ohne Bedeutung und alles, was er tut, bedeutet etwas. Deine Worte, die vordem tief eindrangen, fallen dir unbeachtet vom Munde. Wo ist Seele, Ordnung, geistiges Gesetz? Zusammengehören, Begriffenwerden, Ergreifen? Wahrheit, wirkliches Gefühl? Der Abgrund des stummen Alleinseins schluckt sie wieder ein!

MARIA *tritt vorsichtig ein:* Ich wußte nicht recht, bist du schon wieder allein? Ich habe gewartet.

THOMAS: Und . . . hast gehört?

MARIA: Ich habe nicht gehorcht. Ich will nicht wissen, was ihr gesprochen habt. Gib mir die Mappe.

THOMAS *weicht wie vor einer unentrinnbaren Gefahr zurück:* Also . . .? Also wirklich?

MARIA: Ich habe darüber noch einmal mit ihm gesprochen. Er

beginnt sich mir anzuvertraun. Laß ihn mein Freund sein. Gerade wenn er schlecht ist.

THOMAS: Also wirklich . . . Und was ich dir gesagt habe?

MARIA: Wenn du es selbst glaubtest, würdest du es anders anpacken als nur so von innen heraus. *Schmerzlich.* Warum hast du dich in das eingelassen? Weil du glaubst, daß er mich beeinflußt. Ja, er tut es; darf er denn nicht?

THOMAS: Er darf? Kann! Kann es, Maria! Sieh mich doch an, was hat sich verändert? Du verlierst dein Stopfholz, dieses liebe runde Ding, über das du manchmal die Strümpfe spannst; dann findest du es nach Tagen auf der Straße wieder: du erkennst es kaum: was du daran war, ist verwest; es ist nur ein lächerliches kleines Holzskelett. So kehrst du wieder. Seines Geistes Kind: Fetzen der Widerwärtigkeit dieses fremden Mutterschoßes hängen an dir!

MARIA: Du bist ein harter, gewaltsamer Mensch.

THOMAS: Sag neidig. Sag voll Haß. Dieses fremde Wesen möchte ich mit den wildesten Säuren wegätzen, das mit mir ringt, ohne daß wir uns fassen können! In deinen Gedanken finde ich ihn, das ist hilfloser verlassen sein, als ob ich ihn in deinem Bett fände.

MARIA: Du bist ein harter, eifersüchtiger Mensch; du forderst, ohne selbst etwas geben zu wollen. Darf ich nur auf dich hören? Mußt in jeder Frage du recht haben?

THOMAS: So wenig, daß ich manchmal nicht mehr verstehe, warum bist du immer bei mir gewesen und nicht bei ihm? Es ist etwas in mir, etwas störrisch Unbelehrbares, das wacht über dich wie eine Mutter über die Freude ihres Kinds. Das fühlt, dummglücklich im Schmerz, wenn du von ihm kommst, etwas Erfrischtes, Neues.

MARIA: Siehst du, daß du eigentlich alles gar nicht meinethalben machst, Aufregungen und Gefahr für unsre Existenz. Sondern nur weil du zu fühlen glaubst, daß er mich – nicht begehrt! – sondern höher schätzt als du!

THOMAS: Seit es anfing, sagst du mir, es sei nicht Liebe, sondern ein geistiges Erlebnis –

MARIA: Das ist es auch nur.

THOMAS *gequält:* Fast ebensolang zeige ich dir schon, er ist im inneren Erlebnis ein Fälscher. Aber du glaubst nicht an mich, sondern an ihn. Das klingt so einfach und ist – das Grauen.

MARIA: Ich glaube noch an dich! Aber was hast du daraus gemacht?! Etwas nie Fertiges. Etwas, das nie klar wird. Von jedem neuen Einfall bedroht. Als Ersatz dafür ein unbestimmtes Zusammengehören, wie Reisende in einem Abteil. Ohne Zwang und Leidenschaft! Ich will nicht denken! Man kann auch anders etwas sein! Thomas, was dich gepackt hält und zerrt und schüttelt, bist du selbst! Die Scham über die Stunden, wo du nicht denkst; wo du zu mir kommst, weil du nicht denken willst, entblößter als nackt in diesen schändlich «schwachen» Stunden, wo die Eingeweide heraustreten. Was hast du aus uns gemacht! «Du du» und «da da», «Mausi und Katz», «kitzi kitzi, kleiner Mann und Mädi»!

THOMAS: Still! Still! Es ist grauenvoll! Ich kann es nicht anhören! ... Spürst du nicht das ungeheuer hilflose Vertrauen darin? Alles, was dir ein Mensch geben kann, liegt in dem Bewußtsein, daß du seine Neigung nicht verdienst. Daß er dich gut findet, für den in alle Ewigkeit kein Grund zu finden ist, der ihn als gut beweist. Daß er dich, der sich nicht sprechen, nicht denken, nicht beweisen kann, nimmt als Ganzes. Daß er da ist; hergeweht; zur Wärme, zur Aufrichtung für dich! Hast du es nicht so empfunden?! Warst du immer anders?

MARIA: Daß du noch stolz darauf bist! Du hast mich den Mut zu mir selbst verlieren lassen!

THOMAS: Und Anselm gibt dir einen gefälschten!! Du wirst eine ungeheure Enttäuschung erleben!

MARIA: Vielleicht fälscht er. Aber ich habe ein Recht darauf, daß man mir vorredet: so ist es! Daß – und wenn es nur eine Täuschung wäre! – etwas stärker als ich aufwächst. Daß man mir Worte sagt, die nur wahr sind, weil ich sie höre. Daß mich Musik führt, nicht daß man mir sagt: vergiß nicht, hier wird ein Stück getrockneten Darms gekratzt! Nicht, weil ich dumm bin, Thomas, sondern weil ich ein Mensch bin! So wie ich ein Recht darauf habe, daß Wasser rinnt und Steine hart sind und Schweres in meinen Rocksaum genäht, damit er nicht schlottert!

THOMAS: Wir reden aneinander vorbei. Wir sagen das gleiche, aber bei mir heißt es Thomas und bei dir Anselm.

MARIA: Ist das alles, was du antwortest? Nie, nie, nie steht etwas da, groß, aufregend, notwendig, nach der Hand greifend! Du nimmst mich nicht einmal fort von ihm.

THOMAS: Man kann niemand fortnehmen von dort, wo er steht. Du wirst aber – *er sucht Worte und findet kein besseres* – eine unsagbare Enttäuschung erleben.

MARIA: Sag es mir, wenn du etwas wirklich weißt! Laß mich doch nicht so allein!

THOMAS: Beweisen läßt es sich nicht.

MARIA *trotzig gemacht:* Ich meine, der einzige Beweis für und gegen einen Menschen ist, ob man in seiner Nähe steigt oder sinkt.

ANSELM *stürzt aufs äußerste erregt herein, jede Rücksicht ungeduldig preisgebend:* Ich muß Maria noch einmal sprechen. Ich muß rasch Maria noch sprechen.

THOMAS: Ich werde euch allein lassen.

MARIA: Thomas, nicht so! Es ist so gleichgültig für das Entscheidende, daß er ein Mann ist.

THOMAS: Und wenn das seine Spezialität wäre? Anselm, hast du gehört?! Hast du verstanden, daß Josef im Haus wartet?! *Da Anselm ihm nicht antwortet, überwältigt ihn Wut, er packt die Kissen des Diwans und schleudert sie auf den Fußboden.* Legt euch doch auf die Erde ... da! ... da! ... Tut es ab, bevor wir weiterreden! Blut durchqualmt euch den Kopf! Das noch nicht vereinigte Mark steht in der Tiefsee der Körper wie Korallenwald! Vorstellungen rinnen hindurch wie die wandernden Wiesen blumenhäutiger Fischscharen! Du und Ich pressen sich geheimnisvoll vergrößert ans Kugelglas der Augen! Und das Herz rauscht dazu!

MARIA *beginnt in sich hineinzuweinen:* Schämst du dich nicht?

THOMAS: Und Josef wartet dazu!! – In dieser Lage hat Scham keinen Sinn mehr. *Zu Anselm.* Sag nur ein aufrichtiges Wort; ein Wort, das unschuldig wie ein kleines Tier in dir herumschlüpft. Damit ich weiß, Maria wird es streicheln können, Maria wird nicht frieren vor Enttäuschung! Ein Wort, damit ich glauben kann: Demütigungen waren es nur, weil sie zu erleiden unser Schicksal ist, das Vorrecht des Geistes zwischen den Pächtern der Welt! Und ich will alles tragen! Will Josef abwehren statt ihn zu holen, und Maria trösten in ihrer Angst und in ihrer Verachtung für mich und ihr sagen, man ist nie so sehr bei sich, als wenn man sich verliert.

MARIA: Mir sagst du, glaub ihm nicht; ihm bietest du mich völlig an: du hast keine Würde mehr!

THOMAS *in höchstem Entsetzen, schüttelt den reglosen Anselm am Ärmel:* Es ist widerlich, wie du vor mir stehst. Widerlich, wie wir alle dastehn. So außerordentlich körperlich. So außerordentlich körperlich zwischen uns allen ist es, wie du Maria geistig beherrschst. Etwas widerlich Geschlechtliches von Mensch zu Mensch ist zwischen uns! Was scherst du mich! Was will Maria von mir! Fleischtürme steht ihr da! *Ab, um Josef zu holen.*

ANSELM *einer wahnsinnigen Erregung endlich freien Lauf lassend:* Weinen Sie nicht!! Ich habe mich nicht rühren können vor ihm! Damit er nichts errät! Aber ich töte mich eher, als daß ich Sie weinen lasse!!

MARIA: Anselm! Bei allen Heiligen! Werden Sie mich nie anlügen?! Ich würde zugrundegehn, wenn Sie lügen ...!

ANSELM *mißtrauisch erkaltend:* Hat man Ihnen etwas gesagt?

MARIA: Wie soll ich Vertrauen haben ...?

ANSELM: Wir dürfen keine Minute mehr verlieren. Kann ich Ihren

Glauben durch ein Opfer wiedergewinnen? Ihren Glauben an sich! *Drohend.* Ich tue alles, ohne zu zögern!

MARIA: Aber ich werde die Ahnung nicht los: Sie wollen mich bloß verleiten, anders zu sein, als ich bin. Ich fühle das. Gewiß müssen Sie immer ähnlich gewesen sein.

ANSELM: Ja. Ich habe immer Menschen verleitet, besser zu sein, als sie sind. Aber ich habe Qualen gelitten.

MARIA: Auch gegen Regine ähnlich.

ANSELM: Ja. Aber ich hasse sie deshalb!

MARIA: Sie werden auch mich hassen! Ihr Leben war immer voll von Freunden und Geliebten.

ANSELM: Hat man Ihnen so etwas gesagt? Dann wissen Sie: aus Ungeduld. Aus Schwäche, die nicht länger warten will. Aber die Enttäuschung schon in sich trägt. Den Haß schon in sich trägt; der nur aus Angst versucht, Liebe zu werden! Schon als Kind, als kleinen Jungen haben sie mich alle geküßt, diese Mütter, Kindsfrauen, Mägde, Schwestern, Freundinnen. Die Dickhäuter, in deren Haut der Pfeil der Sehnsucht nach dem Menschen steckenbleibt und zu einer gutmütigen Verdauungsfreude einheilt! Ich kann nicht ohne Menschen sein! Und das bekommt man dafür! Sie wissen es ja selbst.

MARIA: Thomas sagt, Sie *wollen* geliebt werden; nur weil Sie nichts leisten. Oh, er ist fürchterlich, man traut sich selbst nicht mehr.

ANSELM: Und Sie werden mich doch verstehn: Mein ganzes Leben ist dadurch zerstört worden. Wie oft hat mich schon Hoffnungslosigkeit angerührt. Der Wille wider mich. Gehetzten, Verrückten, mittendrin Ausgeschlossenen. Ich habe vielleicht manches getan. Aber wenn auch Sie mich enttäuschen, der einzige große Mensch, den ich gefunden habe, gibt es nur noch ein Mittel: eine Leine; eine sanfte, weiche Leine. Und eine seidenglatte, grüne Seife; mit der reibe ich sie ein. Das doch noch einmal tun zu können, ist die letzte große Beruhigung für mich. Die Verwesung ist nicht feindlich; sie ist mild und weich; Allmutter, still und farbig und ungeheuer; blaue und gelbe Streifen werden meinen Leib überziehn –

MARIA: Wie soll ich Vertrauen haben, wenn Sie wieder in solchen kranken Ekelbildern schwelgen!

ANSELM *unterbrochen, sieht sie bös an:* Selbst wenn ich Sie ansehe, zittre ich ja zuweilen. Ich fürchte mich, weil Sie nur eine Frau sind.

MARIA: Bleiben Sie mein *Freund.*

ANSELM *höhnisch:* Ihre Seele hält zu mir, Ihre Liebe zu Thomas?

Leidenschaftlich. Das ist die verderbte Trennung! – Verstehen Sie mich, ich spreche ganz wunschlos: Sie glauben noch immer, es geht um das, was man so Besitz nennt. Aber dann hätte ich Thomas schon vergiftet. Sie glauben, weil Sie schön sind? Ja, – *mit einem leisen Unterton von Bosheit – weil* Sie schön sind! Aber es gibt Kinder, die auf den Spielplätzen gemieden werden, weil sie so gut sind; so eins waren Sie. Irgendeine Abschreckung ging von Ihrer gegen das Böse hilflosen Güte aus; das haben Sie insgeheim behalten. Sie sind wunderschön und mit einer rührenden Sanftmut Ihrer Stattlichkeit preisgegeben. Ja, Sie *sind* – göttlich schön! Und ich verstehe schon, *Sie* dürfen nicht böse sein, Sie müssen gut gegen Thomas sein wollen. Aber – Ihre Schönheit hat schon eine unmerkliche Anrüchigkeit, Ihre milde Nachgiebigkeit ist etwas, wofür Sie sich ganz im geheimen schämen. Sie sind wunderbar, aber – *auch* allein. Das kann Thomas nie erraten. Ich ahne Sie vielleicht nur wie etwas mir Verwandtes. Aber ich fühle Sie wie einen ungeheuren Trost. Wie einen Engel mit einem Bocksfuß. In meine Zerrissenheit stiegen Sie nieder wie ein Engel; aber ein Engel, der unter dem Kleid ein wenig zu mir gehört ... *Maria schweigt. Anselm, um einen Ton boshafter, aber dabei echt ergriffen.* Ihr schreckliche Frauenhaftigkeit lindert etwas, das sonst zu demütigend für mich wäre ... Schweigen Sie doch nicht! Sie haben Rücksichten auf ihn zu nehmen? Ich auch! Sie wissen nicht, ob Sie ihn nicht lieben? Ich auch nicht!! Das darf kein Hindernis sein! Es geht durch alles in der Welt ein einheitlicher Taumel, ich fühle ihn verwirrt noch in Ihrem Widerstand, während ich Sie schweigen höre. Schenken Sie sich ihm! Heben Sie sich los! Ihre Seele hat Sie geholt, die Ewigkeit!

Sie werden unterbrochen. Man hat während der letzten Worte wie eine Untermalung Lärm sich stürmisch nähernder Menschen und aufgeregten Gesprächs gehört. Jetzt fliegt die Tür auf. Fräulein Mertens stürzt besinnungslos herein, hinter ihr verstört Regine. Fast zugleich mit ihr Thomas. Dann Josef, zornig, verlegen; er schließt vorsichtig und genau die Türe, da ihm der Auftritt unendlich peinlich ist.

FRÄULEIN MERTENS *zu Maria:* Um Gottes Willen, stehn Sie ihr bei; sie weiß nicht mehr, was sie sagt.

JOSEF *von der Tür her zu Regine:* Aber ich bitte dich, du übertreibst wieder; ein Sanatorium ist doch keine Irrenanstalt.

REGINE: Auch Anselm will er dahin bringen, wenn er nicht abreist! Oder ins Gefängnis!

JOSEF *noch bei der Türe:* Ich hatte mich mit Regine aussprechen wollen. Sie war ja von allen verlassen in ihrem Zimmer und weinte, daß es nicht zu ertragen war. Ich sagte ihr, das beste in unser aller Interesse wäre ein Aufenthalt in einem Sanatorium. Ein kurzer nur. Das ist ja doch eine Krankheit! *Er wendet sich ihr zu und bemerkt dabei Anselm. Er tritt in der üblichen Weise einige Schritte steif vor und dann einen zurück; seine Brust hebt und weitet sich, sein Kinn richtet sich auf, seine Lippen suchen nach Worten. Anselm steht schlank und unschuldig vor ihm.*

FRÄULEIN MERTENS *währenddessen flüsternd zu Regine:* Man hat Sie mißbraucht; Doktor Anselm ist eine kleine Seele wie alle Männer! Oder – – jetzt müßte er es zeigen!

THOMAS *erklärend, scheinbar mit ruhigem Vergnügen:* Josef fordert, daß du binnen vierundzwanzig Stunden unser Haus verläßt. Er hat natürlich kein Recht, über mein Haus zu verfügen, und ich stelle es ganz dir anheim, ob du ihm parieren willst oder nicht.

JOSEF *zu Maria, verlegen über ihre Anwesenheit:* Du verzeihst; ich wollte natürlich nicht so . . ., nicht in deiner Gegenwart, aber Regine war nicht zu halten. Ich wollte bloß mit ihr und – – diesem sprechen.

MARIA *überrascht, mit beginnender Empörung:* Aber was heißt alles das? Warum soll Anselm abreisen?

THOMAS: Es ist seine Sache, dir das zu erklären; ich glaube nur: . . . Du wirst sehn, daß er abreist.

JOSEF: Es ist peinlich, Maria; wie gesagt, ich wollte nicht vor dir . . . Aber Thomas wußte es doch!

MARIA *entschlossen:* Ich bleibe . . . Ich finde es nötig, wenn ein Detektiv, ein bezahlter Angeber, in meinem Hause schaltet, wenigstens dabei zu sein!

JOSEF: Hat denn Thomas nicht für notwendig befunden, dich vorzubereiten?

MARIA: Aber worauf denn?!

THOMAS: Ich habe ja Maria alles gesagt. Nur daß es durch einen Detektiv bewiesen wird, habe ich ihr nicht gesagt. Und sie hat es nicht geglaubt!! *Er öffnet den Schreibtisch, Josef mit einer gleichzeitig abbittenden und resignierenden Gebärde dahin einladend.*

REGINE *zu Anselm:* Komm fort! Sieh nicht hin, geh aus der Tür! Sie haben dir eine Falle gestellt! Ich habe dich verraten, ich hätte es verhindern können! Laß dich nicht mit ihrer Vernunft ein!

MARIA: Aber Anselm, sagen Sie ihnen doch, daß alles das nicht wahr sein kann!

THOMAS: Sag uns, daß es nicht wahr sein kann! Sag es uns!! Aber sieh dir zuvor das an. *Er weist ihn auf die Mappe Staders, die er dem Schreibtisch entnommen hat.*

REGINE: Sieh nicht hin, das ist die Mappe des Manns! Geh! Noch kannst du es. Küsse ihnen demütig die Hand und geh; kriech aus der Tür auf die Straße. Laß sie im Wagen über dich fahren. Laß dir Hund sagen! Sei es! Aber laß dich mit ihrer Vernunft nicht ein! Sie wollen das unsichtbare Geschöpf in dir fangen! *Anselm, von der unentrinnbaren Lage angezogen und Regine verleugnend, kommt wie auf einem schmalen Weg, mit eingezogenem, ganz einwärts konzentriertem Gesicht zu Thomas. Der reicht ihm das Blatt aus der Mappe, Anselm sieht hinein, dann noch ein, zwei Blätter.*

THOMAS: Das gehört Josef . . .

REGINE: Ich wollte noch einmal sehn, ob du Mut hast. Oh, wenn ich Mut hätte – ich fürchte so das Totsein.

JOSEF: Du Unglückselige, das ist die Arbeit dieses Menschen, der unheilvolle Geist, den er dir einimpfte!

ANSELM *reicht die Blätter wieder Thomas zurück und wendet sich zu Maria:* Ich kannte es schon. *Er geht in der gleichen Weise, wie er gekommen ist, wieder auf seinen Platz zurück.* Ich lasse Thomas die Freude. Ich habe nur einen Beweis zu erbringen: daß ich Ihnen nie eine Unwahrheit gesagt habe! Kann ich Sie allein sprechen?

MARIA *tonlos:* Vor allen müssen Sie sprechen, vor allen . . .

Pause. Anselm – verlegen oder überlegen lächelnd, jedenfalls in erzwungener Haltung – steht inmitten da.

MARIA *entsetzt:* Aber wie? Haben Sie denn wirklich –??

ANSELM: Sie haben ja alles gewußt.

MARIA: Ich??! Sie haben gesagt, daß diese Aufzeichnungen nur Harmloses enthalten. Daß man sie bloß Reginens wegen aus der Welt schaffen sollte!

ANSELM: Habe ich Ihnen nicht gesagt, daß ich ein schlechter Mensch bin?

MARIA: Sie haben mit solchen Gedanken gespielt. Gespielt und geglitzert haben Sie mit Lüge und Schlechtigkeit!

ANSELM: Was soll ich Ihnen noch sagen?

MARIA: Ob es wirklich ist?!!

Anselm zuckt lächelnd die Achseln und schickt sich zu gehen an. Josef vertritt ihm schon von fern den Weg; Thomas, der auch dazu ansetzte, unterläßt es daher. Anselm steht sofort von seinem Vorsatz ab, Josef geht zur Türe, sperrt sie ab und übergibt den Schlüssel Maria.

JOSEF: Nimm, bitte, den Schlüssel. Er geht nicht aus dem Zimmer, bevor du ihn nicht entläßt! *Zu Anselm.* Sie werden Ihre Schliche einbekennen und öffentlich vor Regine versprechen, sich ihr nie wieder zu nähern, oder ich lasse Sie hier im Hause verhaften!

Anselm wendet sich mit dem Blick fragend an Thomas als den

Hausherrn, der aber nur mit einer ironischen Gebärde gegen Josef antwortet. Anselm setzt sich und sieht ruhig vor sich hin. Kurze Pause.

MARIA *zu Thomas:* Aber warum hast du mir das nicht früher gesagt?
Thomas antwortet nicht. Kurze Pause.

ANSELM *sieht Fräulein Mertens an, die in der entferntesten Ekke sitzt, die Hände vors Gesicht geschlagen, dann die übrigen:* Wir sind ja beinahe unter und wie in den schönsten Tagen der Kindheit; nur fürchte ich, daß wir Fräulein Mertens verletzen könnten.

FRÄULEIN MERTENS: Oh, ich gehe; es ist die quälendste Enttäuschung meines Lebens. *Sie steht unschlüssig auf, da aber niemand Miene macht, ihr zu öffnen, bleibt sie unschlüssig stehen.*

REGINE *die nicht weit von ihr saß, geht hin und drückt sie sanft auf den Sitz nieder:* Bleiben Sie bei mir; Sie müssen noch vieles hören.
Kurze Pause.

MARIA: Dann haben Sie ja auch nur deshalb mit den Aufzeichnungen und mit – *sie verrät das Wort «Regine», aber spricht es nicht aus* – haben Sie fortwollen, weil Sie fürchten mußten . . .? Oh Gott, wie kann man so lügen?!
Regine lacht.

MARIA *irritiert:* Sie soll nicht lachen! Es ist entsetzlich, wie sie lacht!

REGINE: Ich lache ja nicht. Als Kind glaubte ich fest, eines Tags werde ich eine wundervolle Stimme haben. Gebt acht. Seid still. Hört ihr sie? *Lacht.* Ich höre sie ja auch nicht. Mit der Stimme singt Anselm. Aber man kann doch innen schön singen und außen stumm!

JOSEF: Das ist der unheilvolle, der herostratische Einfluß dieses Menschen!

REGINE: – Mit der war Johannes richtig gesungen! Es war einfach das Gefühl: etwas kommt noch, das der Mühe des Lebens wert ist. *Bitter zu Anselm.* Und dann kommt der Tag, wo man eingesteht: es geschieht nichts mehr.

JOSEF: Sie ist einem Menschenfänger zum Opfer gefallen; Regine, wenn du dich besinnen willst, wenn es mich auch Überwindung kostet: Ich bot dir noch einmal meinen Schutz an! Weißt du denn, wie sehr er dich betrogen hat? Sein Leben war eine Kette von Betrug und Schmutz –

REGINE: Das weiß ich.

JOSEF: In der du nur ein Glied bist. Eine Frau hat er verheimlicht zu Hause sitzen: das hat er dir wohl nie gesagt!

MARIA *schreit halblaut auf.*

REGINE: Das weiß ich.

JOSEF *in plötzlich herabsinkender Erkenntnis:* Aber dann –? Aber dann –? Dann ist ...!? Nein, muß nicht ... Aber dann ist vielleicht alles gar nicht so ... alles so unglaubwürdig Aussehende ... Verbrecherische ... nur seine Erfindung, was er dich schreiben hieß?

REGINE: Was geht dich Anselm an?! Mit mir ist er fertig; er will Maria!

JOSEF *schreit verzweifelt:* Aber wahr ist es!! Ich kann ihm gar nichts mehr tun ... Er soll gehn oder ich bringe ihn um! ... Gib ihm den Schlüssel, Maria, schnell! Er soll aus dem Zimmer! *Er vergräbt sich in einen Stuhl.*

Maria will Anselm den Schlüssel reichen, der nimmt ihn nicht.

REGINE: Er kann sich ja scheiden lassen. Aber was wißt ihr, wie eine Liebesgeschichte bei Anselm aussieht! Er braucht diesen Strick, der ihn hält; so wie er wollte, daß ich mit ihm und Maria gehe, damit er sich nicht in ihr verirrt. *Sie begleitet das mit einer spöttischen Gebärde über Marias Majestät.*

JOSEF *vernichtet:* Dann kann ich ihm gar nichts tun. Dann hat er meine Schande ja nur aufgedeckt.

REGINE: Er kann ja keinen Menschen sehn, ohne so sein zu wollen wie er! Er hält es ja nicht aus, ohne daß man ihm sagt: Du bist gut! Sie alle sind ihm entsetzlich! Aber er ist eitel und schwach! *Zu Maria.* Weiß du, wie er wirklich über dich denkt?

JOSEF *trotz seiner Verstörtheit:* Aber bitte! Man darf sie nicht ausreden lassen!

REGINE: Du bist unerträglich natürlich. Du würdest dich vortrefflich eignen, Kinder trocken zu legen. Mit einem Küchengriff, wie man einen Karpfen um die Schuppen faßt, packst du einen Mann. Dich die große Arie singen zu hören, müßte man sich schon etwas kosten lassen. Auf Trab bringen. Dynamit hinten –

JOSEF *immer noch sich verantwortlich fühlend, ist aufgesprungen und versucht ihr den Mund zu schließen:* Aber das ist ja –

REGINE: Einen tüchtigen –

JOSEF: Widerlich, so ein Frauenzimmer!

REGINE *hat sich losgerissen:* Dir müßte man einen tüchtigen Stoß vor den Bauch geben! Du stellst ihm nach, hat er gesagt!

MARIA: Ich – – stelle Ihnen nach?

THOMAS *sich niederhaltend:* Hast du das wirklich gesagt ...?!

REGINE: Erst gestern hat er es gesagt. *Sie wendet sich um Bestätigung an Fräulein Mertens; die zuckt kalt verletzt die Schulter.*

THOMAS: Aber schweig du, du Teufel!

JOSEF *automatisch, als wäre er noch verpflichtet, Regine zu beschützen:* Er *hat* es gesagt! ... Nun ist es schon besser, man sagt alles:

... Ich glaubte, einige Blätter herausnehmen zu müssen, bevor ich dir die Mappe gab. Ich habe dir ja angedeutet, mit welchen Absichten er in dein Haus gekommen ist.

THOMAS *stöhnt lachend auf. Zu Maria:* Dein Gefühl und Denken kann in seinem nicht den Schwindler entdecken, welch beschämend grobe Methode: zu zeigen, der äußere Mensch ist es! Aber ein Detektiv ist so wunderbar: Was dir als Schwermut erscheint, erklärt er kurzerhand für Obstipation und – – er kuriert es! Wem wirst du jetzt glauben? Ich weiß es nicht. Beiden. Das ist das ewige Geheimnis!

ANSELM *zu Maria:* Warum sind Sie nicht fort ...! Es wäre zu alldem nicht gekommen. Ich wäre ein guter Mensch gewesen.

Maria weicht zurück. Regine wirft sich Anselm zu Füßen, der sich ihr entzieht.

REGINE: Ich bleibe solange vor dir auf der Erde, wie du aufrecht dastehst. Hast du nichts mehr in dir, dem es gleichgültig ist, ob du recht oder unrecht behältst? Sie schreiben dir vor, was du tun sollst, wie du fühlen sollst, was du denken sollst; keiner sagt dir, wie du sein sollst. Du bist ungeleitet und unbehütet ein dunkles Unberührtes in dir. Was willst du denn noch? Aus ist es! Ich liege auf der Erde und räche mich und triumphiere! Weil du nicht mehr das Vertrauen in dir hast ... Und ich auch nicht ...

MARIA: So steh doch auf, Regine, schämst du dich nicht? *Sie stößt sie leise und angewidert mit der Fußspitze.*

REGINE: Stoß mich nur! Unter deinem Kleid kommt etwas hervor, das mich stößt.

JOSEF *angewidert:* Ich kann da nicht zusehn, ich gehe.

MARIA: Ich gehe mit dir.

JOSEF: Solchen Kranken gegenüber müßte man einen Bund der gesunden Menschen schließen.

THOMAS: Eher, eher müßte man einen Bund aller ausgeschlossenen Menschen schließen, damit sie nicht *so* unterliegen. Sprich, Anselm! Finde *ein* ehrliches Wort!

ANSELM *zu Maria:* Ich bin bis zuletzt im Haus geblieben, weil ich an Sie geglaubt habe; ich töte mich, wenn Sie das Zimmer verlassen.

JOSEF *zu Thomas:* Ich werde mein Haus reinhalten; tu in deinem, was du willst; meine Pflicht habe ich erfüllt. *Er und Maria schikken sich zu gehen an.*

ANSELM *weist auf das Messer, das seit den Versuchen, die Lade zu sprengen, geöffnet am Schreibtisch liegt:* Maria, kennen Sie dieses Messer? Ich nehme es, wenn Sie nicht mehr glauben können!

MARIA *in der Türe:* Ich glaube Ihnen nie mehr etwas; das Vertrauen ist verloren, Anselm. *Sie wendet sich ab und folgt Josef ohne zurückzusehn.*

ANSELM *ruft ohnmächtig hinter ihr drein:* Maria? . . . Maria!

Dann greift er nach dem Messer und – man weiß nicht, was geschehen ist, so schnell spielt sich der Vorgang ab – stürzt zusammen. Thomas, der ihn schon während der ganzen Zeit scharf beobachtet hat, sieht ihn starr erstaunt an. Macht einige Schritte auf ihn zu und betrachtet ihn mit dem gleichen Staunen. Steht vor ihm scharf und gespannt, Regine ist auf der Erde hingerutscht, hat Anselms Arm gefaßt und die Hand mit ganzer Kraft gepreßt; erst nur mit den Händen, dann die Nägel einsetzend.

REGINE: Er kann sich so fest etwas einreden, daß er sich martern dafür läßt.

THOMAS: Ich sehe kein Blut; ich wette, er lügt jetzt noch.

REGINE: Er nimmt sich etwas vor und führt es durch, wenn er auch gar nicht mehr mag, bloß weil er nicht aus weiß.

Sie hat fest und lang in Anselms Hand gebissen, der unwillkürlich sich ein Zeichen des Schmerzes entreißen läßt. Thomas stößt förmlich auf ihn nieder, kniet neben ihn, schüttelt ihn, preßt ihm schmerzhaft die Arme zusammen, reißt ihn an den Haaren.

THOMAS: Simulant! Schwindler! Unter der Haut bist du schöner als jeder, was?! Wenn du die Augen nicht aufmachst, zerstampfe ich dich! Ich reiße dir das Gesicht herunter!

REGINE: Tu ihm nichts! Er ist wehrlos!

THOMAS: Er verstellt sich ja nur.

REGINE: Laß ihn! Er ist gut –: hinter sich! *Sie drängt Thomas weg und beißt wieder in Anselms Hand.*

THOMAS *drängt sich wieder hin:* Bloß recht behalten möchte er noch. Du Beschädigter! Schäbiger mit dem Defekt! Der Gesundheit simulieren möchte!

Anselm hat unter den Mißhandlungen die Augen aufgeschlagen.

THOMAS *triumphierend:* Hast du einmal die Wahrheit zugeben müssen!! *Im nächsten Augenblick steht er aber, angewidert von sich selbst, auf.* Qualm! Ist die Lampe zu hoch aufgeschraubt? Die Petroleumlampe, dachte ich, kann explodieren. Ah . . . – *lacht* – ich weiß, wir haben schon Elektrizität . . . einen Augenblick lang war mir, als lebte Mama noch und wir wären klein . . .

REGINE: Was wütest du gegen ihn! Er haßt dich nicht mehr als er jeden hassen muß, aber er liebt dich viel mehr.

THOMAS: Mich liebt er?! Hergekommen, um Maria zu entwenden!

REGINE: Dich liebt er wie einen Bruder, der stärker ist als er.

ANSELM *hat sich mühsam aufgerichtet:* Ich hasse dich. Wohin ich gehen wollte, immer warst du zuvor.

THOMAS *den Satz ihm hinwerfend:* Dir glaubt kein Mensch ... Aber was habt ihr aus uns gemacht! Alle verachten euch, verfolgen euch, schließen euch aus!

REGINE: Über mich sind sie weggekrochen. Ich opferte mich, ließ mich beherrschen, spürte, wie ich allmählich wirklich so wurde, wie ich ihnen erschien, und – fühlte mich desto höher schweben; mit noch unsichtbaren Teilen, die auf Gefährten warteten. *Sie steht auf.* Nun stehe ich in Klarheit und alles ist erloschen. Ich bin heute ein vernünftiger Mensch geworden.

ANSELM *zu Thomas:* Du hast mich verfolgt, ob du da warst oder nicht. Wenn ein Mensch einen andren verleitet, ihm Böses zu tun, ist er schuld.

THOMAS: Das ist zwar natürlich wieder nur so gesagt, aber –

Maria tritt ein, er bricht ab.

MARIA *die bemerkt, daß etwas vorgefallen ist:* Was ist? ... Was war?

THOMAS: Er hat einen falschen Selbstmord versucht. Aber wahres Gefühl und falsches sind wohl am Ende beinah[illegible] gleiche.

REGINE: Es gibt Menschen, die wahr sind hinte[illegible]gen und unaufrichtig vor der Wahrheit.

THOMAS: Man findet einen Gefährten und es ist ein Betrüger! Man entlarvt einen Betrüger und es ist ein Gefährte!

MARIA: Ich verstehe kein Wort.

FRÄULEIN MERTENS *die man bisher nicht bemerkt hat:* Ich bitte gehen zu dürfen. Ich vermag nicht mehr zu folgen. Ich vermag offenbar nicht, solche «vulkanische Menschen», in denen «ein Rest von der Schöpfung her» noch nicht fest geworden ist, zu verstehn.

THOMAS: Sind auch Schwindel in dieser Zeit. Sie duldet nur kurze Gefühle, lange Nachdenklichkeiten.

MARIA: Ich verstehe kein Wort. Ihr habt euch versöhnt? Ich verzeihe es ihm nicht!

ANSELM: Ich habe schlecht von Ihnen gesprochen, um mein Gefühl vor fremder Berührung zu schützen!

THOMAS: Schweig, Anselm, du mußt zu Bett. Du mußt schlafen. Du mußt morgen früh fort. Ich möchte beinahe an deiner Statt dahingehen, eingewiegt von Planlosigkeit. Ihr habt ja recht. Man ist nie so sehr bei sich, als wenn man sich verliert.

VORHANG

Ein hallenartiger Mittelraum im ersten Stockwerk. Türen. Eine hölzerne Innentreppe führt hindurch. Seltsame Arabesken im Teppich. Hinten ein sehr großes Fenster mit Blick auf die Landschaft. Morgengrauen. Schwere, bequeme Holz- und Ledermöbel.
Vom Charakter der Dinge gilt das gleiche wie im zweiten Akt; der Gesamtraum wirkt aber geschlossen, schrankinnerlich.
Regine und Thomas in phantastischer Hauskleidung. Thomas steht von einer Lederbank im Hintergrund auf, reckt sich und kommt nach vorn, wo Regine kauert.

THOMAS: Ich schäme mich.
REGINE: Gar keinen Mann anschaun oder jeden ist das gleiche. Man kann sich ihnen ans Herz werfen, bloß weil man verrückt wird vom Fremdsein; vom Nichtverstehenkönnen wie man auch nur ihre Hand länger als nötig in der eigenen halten mag.
THOMAS: Ich habe, bevor ich für den Rest der Nacht hierher kam, noch einmal diese Notizen von dir oder Anselm über dich gelesen: ich schäme mich.
REGINE *stimmt zu:* Erkaltete Einbildungen. Widerwärtig nackt wie aus dem Nest gefallene Vögel. *Trotzdem sie starr ins Licht blickt.* Ich kann ja nicht ins Licht schaun, diesen zum Erbrechen schönen Morgen; wie ein verdorbener Weltmagen hebt er sich schon in fader Klarheit.
THOMAS: Und während ich las, war dieser Stader in unsrem Haus. Und in einem andren Zimmer schlief Josef. Und in einem dritten Anselm. Angst hatte ich vor der Frage, ob nicht einer von ihnen noch einmal bei dir schläft.
REGINE: Warum sagst du nicht: Verworfene?! Warum suchst du mich nicht zu heben wie ein gefallenes Mädchen?! Sieh es doch wenigstens natürlich, wenn man schon nimmer die Kraft hat, dahinter etwas zu sehn! – Im Dorf war kein Platz. Josef hat diesen Adjutanten hergeschleppt, konnte man ihn im Park schlafen lassen?
THOMAS: Natürlich nicht! Dieses verdammte menschliche «natürlich» ist es, unter das man sich am Eingang jeder Niedrigkeit bückt.
REGINE *ergänzt:* Und Anselm ist schon unnatürlich!
THOMAS *die Schmalheit der Zwischenzone betonend:* Und Anselm ist unnatürlich.
Pause.
THOMAS *gequält:* Wenn du wüßtest, wie Männer solch eine Frau

verachten!

REGINE: Ich weiß es ja. Und sie haben recht. Ich habe es jedesmal bemerkt, aber es war mir immer eine Rache; weiter innen. Denn das ist es ja auch heute nicht: daß man es getan hat. Sondern daß man davon niedergeworfen wurde; daß man das wird, was man tut! Auflehnung, riesiger Wille, unbenannte Kraft stürzen in die Welt und werden – – nun in deinem Fall werden sie Professor.

THOMAS *halb zugebend:* Ja, vielleicht bleibt jeder zeitlebens der Gefangene eines Nebenerfolgs. Ich muß mich vielleicht daran gewöhnen.

REGINE: Herrliches Mädchengefühl, wie ein Zaubervogel im Schaukelring die Welt entlang zu schweben! Später erst kommt man darauf, daß man in einem herumgezogenen Käfig saß, der plötzlich stehen gelassen wird.

THOMAS: Ich habe wahrhaftig gestern, als ich mit deinem Mann sprach, noch an deinen Männerabscheu geglaubt; nun muß ich mich daran gewöhnen, meine wilde Schwester, daß du das gleiche in einer niederträchtig häßlichen Weise ausgedrückt hast.

REGINE: Es ist etwas in mir, das wurde nie davon berührt.

THOMAS: Ich fand immer so schön, daß wir nie zuviel voneinander gewollt haben. Es blieb freier Bewegungsraum zwischen uns. Nie dieses idealische Aneinandergepresse, bei dem einem Hören, Sehen und Denken vergeht. Sondern – selbst wenn wir uns durch Jahre weder sahen noch schrieben – ruhiger Schlaf einer unlösbaren Beziehung seit den Kindertagen. Am äußersten Rande war sie Musik wie alles Ferne. Es paßte sogar dazu, daß du Josef geheiratet hast. Das menschlichste Geheimnis der Musik ist ja nicht, daß sie Musik ist, sondern daß es mit Hilfe eines getrockneten Schafdarms gelingt, uns Gott nahe zu bringen.

REGINE: Ich bin vielleicht nur bös, es könnte ja sein; ich mag niemand, ich tue alles heimlich. Aber immer hatte ich den Trost: wenn es einmal ganz schief geht, du kannst Ordnung schaffen; du wirst machen, daß alles, was ich getan habe, gut war. Nun bist du niedergeworfen!

THOMAS: Sorg dich nicht, ich – stehe schon wieder auf!

REGINE: Komm, ziehen wir Schuhe und Strümpfe aus; komm in den Park! Über die nassen Wiesen. *Thomas wehrt erleichtert ab.* Erinnerst du dich noch an diesen alten Satan Sabine?

THOMAS: Unsere Kinderfrau, die uns zur Tugend anhielt? Endlich weiß ich, an wen mich dein Fräulein Mertens immerzu erinnert hat!

REGINE: Komm über die nassen Wiesen; der blanke Morgentau

wird feindlich rein wie ihr Schwamm unsre Füße baden. Auf unsren Schultern wird die Sonne dampfen. Sieh, wie sie aufgeht! Blöd wie ein Knall! *Sie höhnt wild und grotesk gegen die Sonne.* A–a–a–h!!! Das ist die Schönheit!!! Unsre nackten Sohlen werden die Erde fühlen; das Tier, dem wir entsprungen, ohne uns wegschwingen zu können. Dann finden sie uns tot unter einem Busch. Und werden sich den Kopf zerbrechen, warum wir nackte Füße haben.

THOMAS: Spielst du noch immer damit?! Du bist schon wie Anselm!

REGINE: Ich habe nie daran gedacht; selbst nicht nach Johannes' Tod. Aber ich glaube, daß man von Anfang an dazu bestimmt ist oder nicht. Es wächst unterirdisch und eines Tags erkennt man seinen Beruf.

THOMAS: Aber – das ist nicht wirklich dein Ernst?

REGINE: Du hast doch Mut für zwei. Soll man am Schlusse wie ein leerer Sack daliegen? Werden wie alle? Was erwartest du denn noch?! Dieses einzige hat man noch nicht versucht; vielleicht ist es auch Schwindel, vielleicht ist es – –: es nahe wissen, macht schon himmlisch frei und furchtlos.

THOMAS *packt sie an der Schulter und rüttelt sie:* Unsinn! Schön ist es! Verlassenwerden ist schön! Alles verlieren ist schön! Mit seiner Weisheit zu Ende sein ist schön! Wie eine Pupille, die sich ganz klein zusammenzieht, visiert man sein Leben an. Sieht nichts, tritt auf der höchsten Stufe fehl. Und schaukelt langsam wie ein Blatt durch einen tiefen, weiten Raum.

MARIA *tritt mit einer Kerze in der Hand ein:* Hier ist es hell! *Bläst das Licht aus.* Ihr seid wach? Habt auch ihr nicht schlafen können? Ich habe, nachdem Regine von mir gegangen war, höchstens zwei Stunden geschlafen. Ich wußte nicht, was wird Anselm machen, was machst du? Du warst gar nicht ins Schlafzimmer gekommen.

THOMAS: Anselm wird sich ausschlafen; er muß heute fort. *Er betrachtet Maria von Zeit zu Zeit mit Blicken, die staunen, sie vergeblich ganz umfassen und aufheben wollen.*

MARIA *setzt sich neben Regine und hüllt sie in ihren Schal:* Er tut gewiß viel Schlechtes, ohne es recht zu wollen, wie ein Junge aus innerer Ungelenkigkeit. Und läuft dann davor weg.

THOMAS: Ich bitte dich, wir sind jenseits der Dreißig! Auch mit Achtzig wird man innen noch das Kindchen sein. Zugegeben. Auch wenn man dem Tod schon in die Augenhöhlen schaut. Aber unsagbar widerwärtig bleibt es, dieses weiche innere Fell so nach außen gewendet zu tragen wie gestern ... Bitter kalt ist es; ist dein Bett noch warm? Ich möchte mich hineinlegen.

MARIA: Ich werde Tee machen; es ist noch keiner von den Dienstleuten auf. *Zu Regine.* Vielleicht hat er doch nicht ganz unrecht gehabt. Hätte ich ihm vertraut! Hätte ich ihm seinen Willen getan und wäre mit euch fort!

THOMAS *zu beiden:* Oh? Ihr habt euch wohl ausgesprochen? Am Sterbebett des Gesunden!

MARIA: Du bist immerweg hochmütig. Ich fühle mich gar nicht mehr sicher; ich habe ihm vielleicht manches abzubitten. Haben wir denn nicht den gleichen Fehler gegen Regine begangen?!

REGINE: Ach Quatsch!

MARIA *zärtlich:* Nein; wenn ich es nur gutmachen könnte. Jetzt verstehe ich erst, warum sie Josef geheiratet hat; und hatte es ihr so oft übel genommen. Aber als Johannes' Tod so plötzlich gekommen war, dachte sie bloß: Warten. Sich klein machen. Was sind dreißig, was sind fünfzig Jahre – wenn man etwas hat, worauf man warten darf!

THOMAS: Du vergißt: das war noch ein wirklicher Tod, kein fingierter!

MARIA: *Du* vergißt, daß Jahre und Pläne glatt sind wie ein Tanzboden, wenn der erste Entschluß einer jungen Frau, stark und eines Gefährten würdig zu sein, darüber fliegt. Die Widrigkeiten erkennt man erst später.

REGINE: Quatsch, quatsch, quatsch! *Sie versucht ihr den Mund zuzuhalten.*

MARIA *steht auf und richtet einen Samowar, läßt das aber dann wieder*: Nein, er soll das nur hören! Wir hatten dir damals nicht geraten und geholfen.

THOMAS: Und? Das weitere? Sie wird es dir wohl auch erzählt haben?

MARIA: Warum willst du es nicht verstehn? Wenn sie schon lebend ins Grab stieg, sollte sie auch noch drin liegen bleiben?

THOMAS: Gut, einmal. Aber der Nächste? Der Übernächste? Vom Zehnten ab?!

MARIA: Es hätte ja nicht so sein müssen, aber wenn man zu Hause nur Spott gefunden hat, so weiß ich wenigstens: tiefste Liebe braucht der, dem das widerfahren konnte. Johannes selbst hätte nicht so hart geurteilt wie du; er wußte, daß Regine noch viel zu jung war, und nicht lange vor seinem Ende hat er mich gebeten: Sag ihr, was immer geschieht, ich werde ihr alles verzeihn.

REGINE *steht auf:* Ich kann es nicht anhören. Ich muß aus Ehrgeiz und Verlegenheit heulen wie damals, als ich bei Jahresschluß aus Versehen in der Klasse die Erste geworden war.

MARIA: Er hat an sie geglaubt: das ist eine Kraft, welche gut macht!

THOMAS: Und Anselm? Ich weiß doch, worauf ihr hinauswollt! Hast du verschlafen, daß du ihm nachstellst?!

MARIA *fast ein wenig lächerlich in ihrer Aufrechtheit:* Es ist eine seiner Entgleisungen. Man darf sich davon nicht abschrecken lassen. Man darf sich nicht seinen Einbildungen anpassen. Man muß auf das Gute in einem Menschen hören wollen, dann findet er dafür die Worte!

THOMAS *nachspottend:* Man muß nur nicht gering denken wollen, dann erschließt er sich, der andere Mensch.

MARIA: Du hast ihm stets nur weh getan bei seinen Schwächen.

THOMAS: Also was soll ich tun?

MARIA: Man darf ihn nicht einfach verkommen lassen. Man darf etwas, das gut sein könnte, nicht verfallen lassen.

THOMAS: Soll ich ihn vielleicht bitten, noch eine Weile bei uns zu bleiben?

MARIA: Ja. Du hast mich nicht vor ihm gewarnt; du hast nur gespottet.

THOMAS *ruhig und entschieden:* Nein. Einen, der uns so bloßgestellt hat, hole ich nicht zurück.

REGINE *zu Maria:* Sprich gar nicht erst darüber! Erinnre dich doch: den ersten Schritt haben weglose Schwindler, wie Anselm oder ich, und bedeutende Menschen gemeinsam; aber den letzten macht Thomas allein! *Ab.*

Maria geht plötzlich ganz nah zu Thomas und sieht ihn hilflos an. Thomas tritt traurig zurück.

THOMAS: Hast du jetzt eingesehn? Daß du ihm aufgesessen bist?

MARIA: Ich habe es eingesehn. Aber Thomas! Thomas!! Wenn man alles vorhersieht, will und eintreffen macht: – das macht nicht glücklich.

THOMAS *eine Erschütterung verbergend:* Erklär dich.

MARIA: Ich vermag euch ja nicht zu folgen, ich bin nur ein einfacher Mensch. Aber glücklich *kann* man nur durch etwas Unberechenbares sein; durch etwas Unvorhergesehenes; das einem gerade so einfällt und da ist und vielleicht gar nicht richtig ist. – Ich kann mich nicht so ausdrücken. Man hat soviel mehr Kräfte als Worte in sich! Ich muß mich ja vielleicht schämen: Aber Anselm gab mir etwas!

THOMAS: Was du bei mir entbehrt hast?

MARIA: Ja . . . Was würdest du tun, wenn ich fortginge?!

THOMAS: Ich weiß es nicht. Geh doch.

Pause. Maria kämpft mit den Tränen.

MARIA: Ja, so bist du. Auf alles verzichten, wenn ein neuer Plan dir besser erscheint. Ich weiß, daß du mich gern hast. Du weißt, daß ich Anselm nie verzeihen werde. Nie! Aber selbst dieser arme Mensch spendet mehr Ruhe und Wärme als du. Du willst zuviel. Du willst alles anders. Das mag alles richtig sein. Aber ich habe Angst vor dir!

THOMAS: Du bist schön. Habe ich dir das nie gesagt? Du bist schön wie die Himmelswölbung – *den ergriffenen Ton verbessernd* – oder irgend so etwas, das sich seit Jahrtausenden gleich blieb. Das hat auch Anselm verführt. – Gewiß bin ich an allem schuld. Ich kann nicht anders sein als ich bin. Denn siehst du, Anselm und ich denken beide anders als du.

MARIA: Anselm *und* du –?

THOMAS: Ja. Er war bloß zu schwach dazu, er hielt es nicht aus. Er drängt sich plötzlich zwischen die Menschen, die sich in dieser Welt zu Hause fühlen, und fängt an, in ihrem Stück mitzuspielen; in wunderbaren Rollen, die er für sich erfindet – –: Ich meine aber trotzdem, Anselm und ich können nie die Wahrheit vergessen.

MARIA: Und ich? *Ich* lüge vielleicht?

THOMAS: Nicht in diesem Sinn; in diesem Sinn lügt er ja. Ich meine mehr so –, mehr die Wahrheit, daß wir mitten in einer Rechnung stehn, die lauter unbestimmte Größen enthält und nur dann aufgeht, wenn man einen Kniff benützt und einiges als konstant voraussetzt. Eine Tugend als höchste. Oder Gott. Oder man liebt die Menschen. Oder man haßt sie. Man ist religiös oder modern. Leidenschaftlich oder enttäuscht. Kriegerisch oder pazifistisch. Und so weiter und so weiter, diesen ganzen geistigen Jahrmarkt entlang, der heute für jedes seelische Bedürfnis seine Buden offen hält. Man tritt bloß ein und findet sofort seine Gefühle und Überzeugungen auf Lebensdauer und für jeden denkbaren Einzelfall. Schwer ist es nur, sein Gefühl zu finden, wenn man keine andre Voraussetzung akzeptiert, als daß dieser entsprungene Affe, unsere Seele, auf einem Lehmhaufen kauernd, durch Gottes unbekannte Unendlichkeit saust.

MARIA: Vielleicht hast du recht, alles so zu komplizieren. Ich kann nicht widerlegen. Aber ich kann das auch nicht ertragen. Immer vor solchen Aufgaben zu stehn. Auch Anselm ist an dir zusammengebrochen!

Regine tritt aufgeregt ein.

REGINE: Er ist fort!

THOMAS: Aufgefahren aus dem Grabe. So gehört sich's für einen Wundermann.

REGINE *zu Maria:* Für dich liegt ein Zettel in seinem Zimmer. Er wartet bis morgen mittag auf dich in der Stadt.

THOMAS: Was heißt das?

MARIA: Daß er noch einmal sprechen möchte. Daß er noch einmal angehört werden will.

Thomas zuckt die Achseln. Maria geht hinaus.

REGINE *scharf:* Weißt du genau – wie Anselm ist?

THOMAS: Ja.

REGINE: Dann handelst du grausam gegen Maria.

Pause.

THOMAS: Weil ich sie gewähren lasse? Die schwere, hilflose Maria, verstehst du? Sie soll sich nur anstoßen! Verstehst du? Wie ein schwerer Kreisel geht sie ihre innere Bahn. Peitschen möchte ich . . .!

REGINE: Ich hätte so gern etwas Böses angefangen mit dir, um mich an Maria zu rächen: ich brachte es nicht zuwege. Anselm hat das gebrochen in mir. Wie man einen Nachtwandler weckt. *Thomas sieht sie erstaunt und erwartungsvoll an.* Ich glaube, ich wollte einmal ein sehr guter Mensch werden. Gelobt von allen; gehätschelt wie ein Hund, dem man sagt: gutes Hündchen!: Nie habe ich gut sein können.

THOMAS: Ja das ist auch viel schwerer. Nur dumme Menschen haben es darin leicht.

REGINE: Nicht so wie Maria; das vertrage ich nicht. Frenetisch gut. Zwischen den höchsten Trapezen der Güte einen Saltomortale schlagend; unter dem Atemanhalten der Menge, im lautlosen Augenblick, wo der Funke zwischen Losdrücken und Pulverfaß des Beifalls schwebt. Als wir in die Schule gingen, wollte ich einen kleinen Knaben heimlich adoptieren und zu einem Prinzen erziehn. Ich wollte sogar unsre Gouvernante heiraten, weil mir ihr boshaftes Alleinsein leid tat. Ich dachte mir, ich würde irgendeinmal noch wie eine Fee Menschen zu beglücken vermögen. Als ich sieben Jahre alt war, hatte ich dafür eine Zauberformel gefunden und ich sang sie stundenlang der kleinen Gärtnerstochter laut ins Ohr und kniff und prügelte sie, weil sie weinte statt schöner zu werden. Aber später scheitert das alles einfach an den Menschen. Man sieht sie wirklich und genau wie sie sind. Man kann sie nicht lieben.

THOMAS: Nein. Aber man muß sie lieben; zuweilen; wenn man nicht zu einem gespenstischen Wesen verdünnen will! Das ist es.

REGINE: So wie man schlafen muß und essen; aber ich kann nicht mehr!! *Pause. Sie sucht nach einem Anfang.* Thomas! Lach mich nicht aus: Ich möchte ein Opfer bringen. Niemandem, nur dir. Nicht für eine fremde Regel will ich ja gut sein; aber für dich, der du bist wie ich, nur stärker: Ich werde zu Josef zurückgehn.

THOMAS: Aber unsinniger Einfall, Regine; ich erlaube dir nicht einmal an so etwas zu denken.

REGINE: Aber ich will . . . lach mich nicht aus . . . ich will einmal im Leben einer Idee dienen!

THOMAS: Aber ich habe keine Sorge wegen Josef. Anselm wird er nun nichts tun und mir . . . mir? . . . also mir liegt nichts mehr daran, wenn er mir schadet.

REGINE: Mir liegt auch nichts mehr an mir. Weis es nicht ab; es fällt mir ja ohnedies so schwer . . . Nein, jetzt kann ich kaum mehr, wenn ich Zeit habe, es mir vorzustellen.

THOMAS: Sei nicht so mutlos! Ich *bitte* dich, sei nicht mutlos. *Er wirft sich wütend und ohnmächtig auf die Bank, auf der Regine gesessen hat.*

REGINE: Du bist gewiß gut . . . aber wer weiß, was du mir jetzt getan hast . . .?

THOMAS: Was heißt das?

REGINE: Horch, es kommt jemand. Ich kann dir das nur allein sagen. *Ab.*

Thomas sitzt, den Kopf in die Hände gestützt. Josef und Stader treten ein, geblendet aus dem Dunkel; Stader trägt ein Licht.

JOSEF: Es ist peinlich; wir schleichen in einem fremden Haus nachts herum.

STADER: Die Wahrheit festzustellen, erhebt über niedrige Begleitumstände.

JOSEF: Aber schweigen Sie doch! Philosophieren Sie nicht immer! . . . Wenigstens nicht so laut . . . *Er putzt seine Brillengläser und sieht blind umher. Stader hat eine Tür geöffnet und ist halb darin verschwunden, wodurch sich erklärt, daß auch er Thomas nicht bemerkt.* Wissen Sie genau, wo sich die Mappe befindet?

STADER: Hier muß es weitergehn; ganz am Ende liegt das Arbeitszimmer. Ich weiß und bemerke alles.

JOSEF *in flüsternder Wut:* Schreien Sie nicht so! Sie werden noch jemand wecken! Die Situation ist beschämend inkorrekt. Dafür haben Sie natürlich nicht Verständnis . . . *Seufzt. Für sich gesprochen.* Aber ich finde keine Minute Ruhe, solange ich diese Papiere in einer fremden Hand weiß.

Er hat die Brille aufgesetzt; Stader ist umgekehrt, um den konfus gewordenen Menschen mitzunehmen. Beide bemerken jetzt Thomas, der aufsteht. Stader bläst zwecklos rasch seine Kerze aus.

THOMAS: Ich will euch den Schlüssel geben. In der Mittellade des Schreibtischs liegt die Mappe.

Er reicht Josef den Schreibtischschlüssel, der gibt ihn mechanisch an Stader weiter, Stader verschwindet damit, froh sich der Situa-

tion zu entziehn, dennoch einen zärtlich forschenden Blick auf Thomas werfend. Josef, unsicher, betreten, folgt ihm, kehrt sich aber in der Türe zu einer Erklärung um.

JOSEF *entschuldigend:* Das muß vernichtet werden ... Ich hätte es wahrhaftig gestohlen. Wenn es nicht Mord wäre, würde ich sogar diesen Kerl – *er deutet hinter Stader drein* –, der von allem weiß, – ermorden!

Thomas zieht ihn, der diese Vertraulichkeit mit steifer Nachgiebigkeit auszugleichen sucht, ins Zimmer zurück.

JOSEF: Ich habe begonnen, mich gedanklich mit den Tatsachen noch einmal auseinanderzusetzen. Ich bin neuerlich zu dem Resultat gekommen: Es kann sich nur um eine krankhafte Verwirrung handeln! Das war keine Liebesgeschichte!

THOMAS: Nein, das war keine Liebesgeschichte. *Er läßt ihn plötzlich mit sonderbarem Lachen los.* Such, such! Verhafte ihn! Hetz deinen Polizeihund auf ihn!

JOSEF: Du ... *er macht eine bezeichnende Gebärde* ... bist übermüdet.

THOMAS *wirft sich in einen Stuhl:* Sehr müd.

JOSEF *vor ihm stehend:* Zuviel Gefühl, mein lieber Thomas; hier können nur Grundsätze helfen!

THOMAS: Zuviel Gefühl: ja, ja, jaja. Maria sagt, ich hätte nie Gefühl gehabt.

JOSEF: Nun ja, Frauen; sie wird heute auch anders denken. Jedenfalls habe ich mein letztes Wort wegen dieses Infektionskranken, den du in deinem Hause duldest, gestern schon gesagt! ... Jedenfalls werde ich ihn wirklich verhaften lassen, sobald richtig Tag ist und Amtszeit und man telephonieren kann ... *Sich mildernd.* Das alles kommt von den übertriebenen Gefühlen. Man hat nicht soviel Gefühl zu haben; oder höchstens für das Große und Erhabene, wo es nicht so schaden kann ... Es war dir eine schwere Enttäuschung? ... Nun ja, ich meine, du bist doch ein Mann der klaren Verstandestüchtigkeit; du hast dich nur so umwerfen lassen, weil die überschwenglichen Gefühlsbezeugungen dieses Narren anfangs jeden anstecken.

THOMAS *müd, nachgiebig, aber geheuchelt:* Kannst du nicht etwas bei mir sitzen bleiben?

JOSEF *schickt sich an, Stader zu folgen:* Nein, das nicht; das so lange nicht, als du nicht zu dir zurückgefunden hast.

THOMAS: Nur noch ein bißchen Geduld; dein Sieg ist ja unaufhaltsam.

JOSEF *wieder sich mildernd:* Ich könnte es auch nicht ertragen; ich muß die Dokumente dieser Verirrungen noch einmal studieren.

Ich brauche eine feste, verläßliche Grundlage, um existieren zu können. *Ab.*

Thomas setzt sich an einen in der Mitte des Raumes stehenden schweren Tisch und stützt wieder den Kopf in die Hände. Maria tritt ein, setzt sich ihm gegenüber, sieht ihn an; er sieht auf, sie wirft den Kopf in die Arme und weint. Thomas steht auf, setzt sich ihr stumm gegenüber und streichelt sie.

MARIA *aufschauend:* Ich komme mir wie eine Abenteurerin vor.

THOMAS: Du mußt es tun. Wenn man etwas mit ganzer Seele für eine Sache tut, wird sie es nachträglich wert.

MARIA: Ich will es und mir ist bang davor.

THOMAS: Man ist immer überwartet und abgespannt, wenn man bis zur Verwirklichung gelangt.

MARIA: Mir ist, als läge alles, was ich tun will, schon lange hinter mir. Wozu tue ich es denn?! Wozu?! Aber ein Uhrwerk läuft immer weiter in mir.

THOMAS: Du mußt es tun. Schließlich ist, was daraus wird, das einzige, woran du erkennen kannst, was es war.

MARIA: Das gleiche hast du von Anselm gesagt; du stößt mich hinaus.

THOMAS: Das muß sein wie Kopfsprung: der Wille und das ist noch gar nichts; und plötzlich schon das neue Element und du regst Arme und Beine. Man ist ja bei den Lebensentscheidungen eigentlich immer abwesend.

MARIA: Weißt du denn überhaupt, was ich will??

THOMAS *sieht ihr in die Augen:* Ich will nicht wieder Druck auf dich ausüben.

MARIA: Ich will mit Anselm noch einmal sprechen. Vielleicht ... bringe ich ihn zurück ...?

THOMAS: Ich sehe deine Gefahr; aber wenn du sie willst, muß ich sie auf mich nehmen.

MARIA *ihn wieder versuchend:* Und wenn ich nicht zurückkäme? Was würdest du tun?

THOMAS: Ich weiß es nicht.

MARIA: Du weißt es noch immer nicht?

THOMAS: Man soll nicht immer sagen: Das oder das nicht muß geschehn. Warten. Ich weiß nicht, was mir einfallen wird. Ich weiß es ja nicht!

MARIA *springt auf:* Das halte ich nicht aus!

THOMAS *sanft:* Wenn ich dich so ansehe, ist mir, als ob ich schon einem andren von dir erzählen würde. Sie war so schön und gut und etwas Wunderbares begab sich. Aber weiter weiß ich es eben noch nicht.

MARIA *zögernd:* Du bist so eigensinnig.

THOMAS: Eine Drehorgel könnte unten spielen. Es könnte Sonntag sein. Voll der Schwermut einer grau versunkenen Woche. Ich könnte mich jetzt schon bis zu Tränen nach dir sehnen. Aber die Vorstellung, mich mit dir in eine so starre Beziehung wie Liebe oder sonst eine völlige Gemeinschaft einzusperren, erscheint mir kindisch ... Ich könnte jedoch ... vielleicht einem, der das tun kann ... für dich dankbar sein.

MARIA: Weißt du, wie du doch bist? Trotz allem, was du dagegen tust? Das große Gutseinwollen, das man manchmal als Kind vor dem Einschlafen mit Herzklopfen gefühlt hat.

THOMAS *abwehrend:* Vergiß nicht: Zarte Bläschen jetzt werden vielleicht in wenigen Tagen vertrocknete Haut sein.

MARIA: Nein. Man darf sich nicht das ganze frühere Leben einfach so aus der Hand schlagen lassen! Ich möchte es wenigstens in einen klaren Gedanken pressen!

THOMAS: Geh; es ist Zeit, wenn du den Zug noch erreichen willst.

MARIA: Ich kann dich nicht so lassen. Ich soll von diesem Tisch fortgehn und dich allein lassen? Ich möchte dir noch den Tee einschenken ... Die Wäsche auszählen ... ich weiß nicht was, nichts, nichts ist da. *Sie entdeckt den Teekessel, den sie schon früher vorbereitet hat, zündet die Flamme an und wirft Tee ins Wasser.* Verzeihst du mir?

THOMAS: Laß uns aufrichtig scheiden: ich habe gar nicht darüber nachgedacht. Mir ist schon, als ob alles versunken wäre und unterirdisch weiterliefe, um irgendwann und irgendwo einmal emporzubrechen. Es ist Marsch in mir, keine Gegenwart ... Geh Maria, du mußt.

Maria steht in schweigendem Kampf da.

THOMAS: Ich bin ja auch traurig.

MARIA: Du bist nicht traurig; du schickst mich weg. Mir fällt es so schwer, von dir fortzugehn; ich weiß nicht warum. Wir Frauen lieben tiefer!

THOMAS: Weil ihr Männer liebt. Über euch bricht mit dem Mann die Welt herein.

MARIA: Du sehnst dich schon nach etwas.

THOMAS: Vielleicht nach Nachdenken.

MARIA: Das Weinen steht in mir von den Füßen bis zu den Augen wie eine Säule.

Thomas will auf sie zugehn. Sie läßt den Tee stehn und läuft zur Tür hinaus. Thomas bleibt einen Augenblick lang betroffen stehn. Dann geht er zur Teemaschine und hantiert dort fertig. Ein Türspalt hat sich geöffnet. Stader schiebt sich herein. Thomas beim

Tee, bemerkt ihn nicht gleich.

STADER *räuspert sich wiederholt:* Ich will nicht stören ... Sie verzeihen ...

THOMAS *aus Versunkenheit auffahrend:* Was gibt's?

STADER: Ich darf mir in meiner augenblicklichen Mission eigentlich nicht erlauben ... Aber wenn man es genau betrachtet ...

THOMAS: Wie –?

STADER: Ich fühle mehr mit Ihnen! Bei aller Hochachtung für Seine Exzellenz. Ich verehre Sie seit Jahren. Ich darf mir die Freiheit erlauben, zu raten: Lassen Sie sich nicht auf diese verlorene Sache ein. Darf ich unter Männern sprechen? Sie ziehen sich zwecklos Enttäuschungen zu.

THOMAS: Ach, ja so ... Ich weiß zwar nicht, wie ich dazukomme: wenn Sie mich aber, wie Sie sagen, verehren, möchte ich, daß Sie schweigen. Verstehen Sie, wie ein Grab?

STADER: Ich möchte Ihnen ja einen Vorschlag machen; Sie können sich auf mich verlassen, Herr Professor.

THOMAS: Sie waren Zufall? ...!!

STADER: Ja.

THOMAS: Sie waren überhaupt nicht!

STADER: Gewiß nicht.

THOMAS: Bitte nehmen Sie Platz.

STADER: Danke. Seine Exzellenz hat sich inzwischen in seine Lektüre vertieft. *Er setzt sich vorsichtig; schweigt, nach Worten suchend; und platzt los.* Ich verfolge Sie nämlich schon seit Jahren, Herr Professor.

THOMAS: Warum? Was soll ich angestellt haben?

STADER *entzückt:* Oh, selbst Sie haben kein ganz freies Gewissen. Ich sah es an Ihrem Augendeckel. An einem mikroskopischen Zucken. An unterbewußten Schuldeinbildungen leidet heute jeder. – Aber nicht so, nicht so: Ihr Schaffen verfolge ich, Ihr wunderbares Werk!

THOMAS: Verstehen Sie denn etwas davon?

STADER: Ja eigentlich nicht. Das heißt natürlich, soweit nicht mein Beruf ... mein Beruf setzt mich in Verbindung mit allen Wissenschaften ... aber, also ...: schon vor Jahren nämlich hat mir Regine von Ihnen erzählt.

THOMAS: Sagen Sie doch nicht Regine. Sagen Sie: Ihre Exzellenz oder sagen Sie: die gnädige Frau Kusine. Na, wollen Sie eine Zigarre?

STADER *wehrt ab:* Ich stehe noch in einer sozusagen dienstlichen Handlung gegen die gnädige Frau Kusine, danke, es geht nicht.

THOMAS: Eine Zigarette?

STADER *unfähig, gegen Thomas länger den Beleidigten zu spielen:* Danke, vielleicht. *Er nimmt sie.* Aber es wäre mir ungeheuer peinlich, wenn mich Seine Exzellenz so träfe. *Er verbirgt die Zigarette nach jedem Zug in der hohlen Hand.*

THOMAS: Also was hat man Ihnen erzählt?

STADER: Oh viel; und ich gab keine Ruhe. Einige Aussprüche habe ich ja wörtlich aufgeschrieben! *Zieht ein Notizbuch hervor.* Ich verstehe sie freilich heute ganz anders als damals. Ich muß sogar zugeben, daß ich sie damals gar nicht verstand. Aber ich ahnte doch damals schon die ungeheuren Möglichkeiten dieser Art von Mensch, die ich jetzt klar vor mir sehe. *Er hat geblättert und zitiert nun.* «Wir stehen an der Schwelle einer neuen Zeit, die von der Wissenschaft geführt oder zerstört, jedenfalls beherrscht werden wird. Die alten Tragödien sterben ab und wir wissen nicht, ob es neue noch geben wird, wenn man heute schon im Tierexperiment durch einige Injektionen Männchen die Seelen von Weibchen einflößen kann und umgekehrt. Wer kein Integral auflösen kann oder keine Experimentaltechnik beherrscht, sollte heute überhaupt nicht über seelische Fragen reden dürfen.» – Wissen Sie noch, zu wem Sie das geäußert haben?

THOMAS: Ja, natürlich.

STADER: Das ist aus dem Brief an Seine Exzellenz. Das hat mir mächtigen Eindruck gemacht. Verstehen Sie? Denken Sie sich, welche Bedeutung für die Moral und Kriminalistik, ganz abgesehen von den Perspektiven für die detektivische Verkleidungskunst. *Er steht auf.* Herr Professor! Soll man das praktisch unausgenützt lassen?

THOMAS: Ihre Exzellenz hat mir davon erzählt.

STADER: Ihre Exzellenz? Ihre Exzellenz hat –? Hat doch –?

THOMAS: Wollen Sie sie nicht zum Dank aus einer peinlichen Situation retten?

STADER: Mhm; ich weiß schon, was da herauskommt. Sie meinen, ich soll diese Mappe stehlen? Diesen Geschäftszweig kultiviere ich höchst ungern.

THOMAS: Oh? Nein; es war mir nur etwas durch den Kopf gefahren. Es ist doch eigentlich recht unanständig, wie Sie sich gegen meine Kusine benehmen?

STADER *wehrt ab:* Ein Mann hat höhere Interessen. *Wieder von seinem Gefühl übermannt.* Ja; auch ich war ein Schwärmer! Aber ich bin darauf gekommen, daß das nicht genügt. Lassen Sie mich Ihnen einen Vorschlag machen; wenn Sie auf den eingehn, tue ich alles für Sie! *Er setzt sich wieder.* Ich biete Ihnen an, die Firma Stader, Newton & Co. mit Ihrem Eintritt als wissenschaftlicher

Sozius zu beehren.

THOMAS *belustigt:* Es kommt mir unerwartet. Ich weiß auch nicht ganz, was ich mir darunter vorstellen soll.

STADER: Ich spreche zu einem Mann wie Sie gar nicht erst von dem finanziellen Ertrag; wenn Geist nicht in Bücher verschleudert, sondern kaufmännisch verwaltet wird, bleibt sein Erfolg nicht aus. Sie wissen, ich war Diener?

THOMAS: Ja.

STADER: Ich war damals schon nicht nur Diener. In der Nacht –

THOMAS *abwehrend:* Bitte!

STADER: Nein, nein, in der Nacht bin ich durchgebrannt; immer. Ich war Sänger, das heißt Dichter; Volkssänger, verstehen Sie, so in den Wirtschaften und ich hab nur in der Nacht Zeit gehabt. Das hab ich aber später bald aufgegeben; ich war dann Hundefänger, Paukdiener, Vertrauensmann der Polizei, Kaufmann – ach, ich war noch mancherlei. Man hat etwas in sich, das in allen Berufen nicht seine Befriedigung findet. Eine Unruhe des Geistes, möchte ich sagen. Eine letzte Überzeugung fehlt. Da bleibt noch so etwas und zieht einen immer wieder hinaus. Man möchte immerzu auf der Straße gehn, einfach gradaus. Es ist etwas in einem! – Aber der Herr Professor lassen mich nur erzählen – –?

THOMAS *hat sich eine Zigarre angezündet und hört aufmerksam zu. Seine Erschütterung ist in bitter heitere Laune übergegangen:* Nein, nein, erzählen Sie; es interessiert mich mehr als Sie denken können.

STADER: Da bin ich endlich daraufgekommen, daß es nur die Wissenschaft ist, welche Ruhe und Ordnung verleihen kann. Und habe mein Institut aufgebaut.

THOMAS: Ich habe mich darüber unterrichtet.

STADER: Kennen Sie seine wissenschaftlichen Einrichtungen?

THOMAS: Man hat mir davon erzählt. Sehr strebsam.

STADER: Hierfür wäre nun Ihre Leitung geradezu – ein Schlager! Ich brauche Ihnen nicht zu sagen, daß wir mit der Unfertigkeit der Methodik zuweilen noch zu kämpfen haben. Die Wissenschaft ist eben auch nicht immer praktisch genug angelegt worden; man erlebt Enttäuschungen. Größere aber mit dem Unverständnis der Menschen! Gerade in wissenschaftlichen Kreisen erfreut sich mein Institut noch nicht des Verständnisses, das es verdient. Wofür Ihre Hilfe daher ganz unersetzlich wäre, ist: Die Ausbildung der Detektivik als der Lehre vom Leben des überlegenen wissenschaftlichen Menschen.
Es ist nur ein Detektivinstitut, aber auch sein Ziel ist die wissenschaftliche Gestaltung des Weltbildes. Wir entdecken Zusam-

menhänge, wir stellen Tatsachen fest, wir drängen auf die Beobachtung der Gesetze; aber das ist nur der gewöhnliche Teil, mit dem würde ich Sie gar nicht belästigen. Mein *große* Hoffnung ist: die statistische und methodische Betrachtung der menschlichen Zustände, die aus unsrer Arbeit folgt.
Lassen Sie aus fünf zugedeckten Karten eine ziehen, so werden siebzig Prozent aller Menschen nach der gleichen Stelle greifen. Kontrollieren Sie Thermometer- oder Millimeterablesungen, wenn Bruchteile geschätzt werden müssen, so schätzen alle Menschen zu hoch oder zu niedrig, je nach der Lage zwischen den zwei benachbarten Strichen. Man hat mir erklärt, daß es Augen-, Ohren- und Muskelmenschen gibt, die durch bestimmte, für den Laien geheime Fehler voneinander unterschieden sind. Man hat mir gesagt, daß die Dichter, solange die Welt besteht, immer nur die gleiche, ziemlich kleine Zahl von Motiven benützen und nie ein neues erfinden können. Man hat mir gesagt, daß das Format, welches die vermeintlich so eigenwilligen Künstler ihren Bildern geben, nach ganz bestimmten Regelmäßigkeiten sich verlängert und zusammenzieht, wenn man den Blick über die Jahrhunderte schweifen läßt. Daß Liebende immer das gleiche sagen, ist bekannt. Im Sommer nehmen die Zeugungen zu, im Herbst die Selbstmorde. Man hat mir gesagt, daß dies eben alles so wie mit den Schaumkronen der Wellen ist: nur der Laie glaubt, dieses weiße Sichüberschlagen sei eine ungeheure vorwärtstreibende Bewegung; derweil täuschen nur ein paar ausgerutschte Spritzer und das Ganze stampft auf dem Fleck eine wissenschaftliche Kurve ohne sich zu rühren. Soll man sich von sich selbst zum Narren haben lassen? Man tut etwas und heimlich ist es ein Gesetz! Man kann es einfach nicht aushalten, wenn man weiß, das alles wird man einmal genau wissen und man selbst weiß es noch nicht!

THOMAS: Mein lieber Freund, Sie sind entschieden zu früh auf die Welt gekommen. Und mich überschätzen Sie. Ich bin ein Kind dieser Zeit. Ich muß mich damit begnügen, mich zwischen die beiden Stühle Wissen und Nichtwissen auf die Erde zu setzen.

STADER: Nein, Sie lehnen noch nicht ab!? Überlegen Sie es sich noch mehrmals!

THOMAS: Man kann jeden Augenblick hereinkommen. Hören Sie, wir können ja einstweilen in Fühlung bleiben. Ich hätte einen Auftrag für Sie; keinen interessanten, nur einen ganz gewöhnlichen. Sie haben meine Frau gesehn. Doktor Anselm ist nachts abgereist. Meine Frau folgt mit dem nächsten Zug um –

STADER *sieht auf seine Armbanduhr:* Fahrplanmäßig soll er eben abgegangen sein.

THOMAS *unterdrückt eine leichte Bewegung:* Ja. Sie werden sich also in der Stadt treffen und eine Unterredung haben.

STADER: Und Sie wünschen Material so wie für Seine Exzellenz?

THOMAS: Nein. Ich will nur, daß Sie mir genau berichten, wie mein Freund dabei aussah, welchen Ausdruck er hatte und auch meine Frau – ob sie sich sehr aufregte, ob sie einen leidenden Eindruck machte oder einen befreiten, frischen; kurz ganz genau, als ob ich selbst zusehen könnte. Und dann halten Sie mich am laufenden über alles, was Doktor Anselm weiter beginnt.

STADER: Wenn ich Sie dadurch verbinden kann, das ist eine Kleinigkeit; ich habe auch Seine Exzellenz zur vollen Zufriedenheit bedienen können.

Josef kommt, das bereits in Papier geschlagene Paket Notizen unter dem Arm, auf der Suche nach Stader.

JOSEF *ärgerlich:* Wo sind Sie denn?

THOMAS *rasch:* Wir reden noch einmal später.

STADER: Exzellenz, gestatten gehorsamst! *Er will ihm diensteifrig das Paket abnehmen.*

JOSEF *drückt es fester an sich:* Lassen Sie, lassen Sie; ich werde es selbst machen. *Zu Thomas in einlenkend sanftem Ton.* Kannst du mir vielleicht etwas Bindfaden geben?

STADER: Ist schon hier, Exzellenz! *Er zieht ein Knäuel aus der Tasche und beginnt respektvoll das Paket noch in Josefs Arm zu umwickeln, so daß dieser es unwillkürlich auf den Tisch legt.*

JOSEF: Aber wir brauchen auch Siegellack. Würdest du so gut sein?

STADER: Für alles ist vorgesehn. *Er zieht eine Siegellackstange aus der Tasche.* Exzellenz sollten doch wirklich nicht so kleinmütig von meiner Voraussicht denken. *Er will Josef helfen.*

JOSEF: Nein, nein; lassen Sie, Stader!

Stader zieht sich diskret ein wenig zurück. Josef beginnt mit ungeschickten, hastigen und zittrigen Bewegungen die Mappe einzuschlagen. Thomas zündet, um auch seine Bereitwilligkeit zu beweisen, die von Stader weggestellte Kerze an.

JOSEF *halblaut:* Es war keine Liebesgeschichte!

THOMAS: Nein, es war keine Liebesgeschichte. Aber was war es denn? *Er beginnt Josef zu helfen.* Den Sarg geschlossen! Erde darauf. Mögen Blumen wachsen.

JOSEF: Du scheinst es zu leicht zu nehmen.

THOMAS: Ich würde Regine die Wege zu einem neuen Leben freigeben.

JOSEF: Ich bitte dich, Thomas, keine Namen! Wir sind nicht allein.

STADER *von seinem Platz aus:* Haben Euer Exzellenz aber auch ein Petschaft bei sich, ein Petschierstöckl?

Josef wendet sich an Thomas. Sie lassen das Paket los, das wieder aufgeht. Stader nimmt sich seiner mit einigen geschickten Griffen an.

THOMAS: Nehmen Sie doch einfach eine Münze. *Zu Josef.* Gut, ohne Namen: aber trotzdem würde ich die Wege geradezu öffnen; das ist doch schließlich moralisches ABC.

JOSEF *steif ablehnend:* Ich bitte!!

STADER *besänftigend:* Befehlen Eure Exzellenz Kopf oder Wappen?

JOSEF: Aber zum Kuckuck, machen Sie das doch ohne zu fragen, wie Sie wollen!

THOMAS: Zu verlieren ist ja nichts mehr, zu gewinnen auch nichts.

STADER *siegelnd:* Das ist auch so ein Fall. *Mit Anspielung.* Man glaubt, es ist «Zufall», Kopf oder Wappen; statt dessen unterliegt das einfach den Gesetzen der Wahrscheinlichkeitslehre und es beherrscht uns eine unheimliche Gewalt.

JOSEF: Ich habe dir schon vorhin bemerkt, daß du etwas überreizt erscheinst. Man ist nicht nur sich, sondern auch den Beteiligten Festigkeit schuldig.

THOMAS *hartnäckig. Auf das Paket deutend:* Ich würde es überhaupt verbrennen.

JOSEF: Ich will nichts mehr hören!! *Sich auf Stader ablenkend.* Sind Sie fertig? So gehen Sie, gehn Sie doch schon damit! . . . *Mäßigt sich.* Warten Sie in meinem Zimmer auf mich! Bitte.

STADER *würdevoll:* Herr Professor, ich werde mir erlauben, später noch einmal vorzusprechen; Seine Exzellenz scheinen momentan unter einer Blutdruckkurve zu leiden. *Ab.*

Thomas bläst langsam, mit Genuß die Kerze aus.

JOSEF: Thomas! Wenn du denn noch einmal darüber sprechen willst: Ich kann nicht, solange dieser Mensch noch in deinem Hause ist; darauf muß ich dich aufmerksam machen.

THOMAS: Er ist fort.

JOSEF: Wer er? Anselm meinte ich natürlich.

THOMAS: Anselm ist abgereist.

JOSEF *erleichtert:* Hast du also doch eingesehn, daß du ihm aufgesessen bist? Ich möchte mit Regine sprechen.

THOMAS: Das geht jetzt nicht . . . Sie fühlt sich nicht wohl.

JOSEF *vergewissert sich, daß Stader nicht horcht. Stimmlos vor Mißtrauen:* Sie ist mit ihm gegangen??

THOMAS *ruhig:* Maria ist mit ihm gegangen.

JOSEF: Du machst einen Scherz? Ich verstehe zwar nicht, wie man das jetzt kann, aber du hast einen Scherz gemacht?

THOMAS: Ich habe vielleicht übertrieben; er ist allein fortgefahren. Aber Maria ist vermutlich auch schon fort; sie reist ihm nach.

JOSEF: Nachreisen? *Er wird wieder mißtrauisch.* Ihr habt euch noch immer nicht ganz von ihm losgelöst?

THOMAS *fest:* Nein, nicht so. Maria reist aus eigenem Beschluß. Sie verurteilt das, was er tut, aber die Art, wie er es tut, nahm sie gefangen.

JOSEF: Aber was soll das denn bedeuten?!

THOMAS: Erstens: daß mir einer die Knochen gebrochen hat – oder wenigstens die Verknöcherungen. Immerhin, der zähe Urschleim lebt noch. Zweitens: daß sich der nächste Mensch von mir losgelöst hat – worin ich ihm folgen werde; vielleicht ist er mir nur aus Angst vor mir zuvorgekommen.

JOSEF: Aber Maria! Eine Frau wie Maria? Dieser Seelenfänger! Oh, aber jetzt beginne ich einen neuen Zusammenhang zu ahnen: Von allem Anfang an beabsichtigte er nur, sie vor Maria zu demütigen, dieser Schuft? Meinst du nicht, ich müßte mich um Regine kümmern? Seit ich vorhin selbst dastand, ich weiß noch nicht wie, plötzlich mit der Kerze in schlafenden unbewachten Zimmern ... ich bin wirklich noch jetzt verwirrt ... wieviel mehr kann ein so wenig widerstandsfähiger Mensch wie Regine ... ja da halte ich ganz gut für möglich, daß sie doch nur in einer Verwirrung gehandelt hat, als sie sich – – dieser Verfehlungen bezichtigen ließ.

THOMAS: Setz dich lieber zu mir. Ich bin so froh, mit dir zu sprechen; ich habe mich förmlich darauf gefreut, dir als erstem davon zu erzählen. *Er setzt sich und zieht Josef auch in einen Stuhl.*

JOSEF: Du bist merkwürdig ruhig. Verstehst du denn nicht: Die Hand, die dir die Speisen zuschob, hat sich vielleicht schon vergangen? Der Mund, dem du glaubtest, bloß wenn du ihn sich öffnen sahst, hat gelogen? Du hast dich bewegt wie in einem Heim und durch alle Mauern sahen fremde Augen herein? Die schlimmste Schande ist dir zugefügt worden, die einem Mann begegnen kann! ... *Er sucht sich zu verbessern. Ich will* das natürlich damit nicht annehmen.

THOMAS *antwortet aber ganz beschaulich:* Weißt du, was ich dabei sehe? Daß die Liebe zu einem ausgewählten Menschen eigentlich gar nichts andres ist als der Widerwille gegen alle.

JOSEF: Ich glaube, du ... Ja, bei dir glaube ich wirklich: du bist gefühllos.

THOMAS: Ich habe sehr locker sitzende Gefühle.

JOSEF: Nein, nein, ich will mit Regine sprechen. Sie gehört in geordnete, sichere Verhältnisse. *Er steht auf.*

THOMAS *hält ihn fest:* Was wirst du ihr denn sagen? Was willst du tun?

JOSEF *betroffen:* Ja, was wirst *du* tun? *Plötzlich.* Thomas! Lassen wir doch alles vergessen sein! Ich will dir nichts nachtragen. Wir müssen uns aufraffen. Wir stehn dem gleichen Feind gegenüber.

THOMAS *hartnäckig beschaulich:* Die Fälle sind ganz verschieden. Zwischen Maria und Anselm ist nichts vorgefallen; da beginnt höchstens etwas. Zwischen Anselm und Regine ist etwas vorgefallen und hat zwischen ihnen geendet – oder ist zwischen ihnen verendet!: Das, was du ihre Verfehlungen nennst.

JOSEF: Nun willst du behaupten?

THOMAS: Regine und ich haben uns genügend ausführlich darüber unterhalten. Wo willst du hin? *Josef ist aufgestanden.*

JOSEF: Ich spreche jetzt erst recht mit Regine. Ich will in meinem Unglück wenigstens einen klaren, reinen Abschluß haben. Sie soll diese entsetzlichen Verirrungen mir ins Gesicht bekennen, wenn sie das kann, ohne daß ihre Rede vor Scham über sich selbst zusammenbricht.

THOMAS: Sie würde gar nicht erst mit der Rede anfangen. Denn sie weiß, daß sie dir nichts erzählen könnte als dumme Abenteuer. Irgendein Schafskopf, ein Wortemacher, Gefühlsschüttler oder auch ein Tatzenmensch, ein Athlet – trotzdem er nicht einmal die Kraft eines kleinen Pferdes hat – wächst plötzlich ins Ungeheure: Liebe! So wie es Angst ist: das feindlich Unbekannte wächst. Das Unbekannte wächst in beiden Fällen! Kannst du dir das vorstellen? – Eben; ich beinahe auch nicht. Das Unbekannte, das uns zu umgeben scheint, wächst aber offenbar zuweilen für bestimmte Menschen. Es scheint Menschen zu geben, in denen etwas locker ist, das in allen andren festsitzt. Es reißt sich los . . . Welche Genugtuung jedenfalls, hinterdrein festzustellen, daß der Anlaß Franz hieß oder sonstwie und jene blöden Worte und Versicherungen, durch die sich Liebende gegenseitig anstecken! Sie wußte natürlich auch, daß das unwürdig ist.

JOSEF: Wenn man überhaupt auf solche Gedankengänge eingehen darf: Sie hätte sich mir rechtzeitig anvertrauen sollen!

THOMAS: Du würdest ihr den moralischen Defekt nachgewiesen haben und hättest damit recht gehabt. Sie hätte ebensogut zu einem Arzt gehen können und er hätte ihr gesagt: Erotomanie auf neurasthenisch-hysteroider Basis, frigide Erscheinungsart bei pathogener Hemmungslosigkeit oder dergleichen und hätte auch recht gehabt! Denn sie schlang ja die sogenannten Abenteuer in sich hinein wie ein Kettenraucher, mit dem Überdruß als einzigem Grenzzeichen. Sie konnte vielleicht schließlich überhaupt keinen Mann sehen, ohne –

JOSEF: Ohne was?! Fühlst du denn nicht, wie unerträglich verkommen das ist?!

THOMAS: Ohne nach ihm zu greifen; wie du kein Handbuch deiner Wissenschaft sehen kannst, ohne es aufzublättern, obgleich du sicher bist, ohnedies alles zu wissen, was darin steht. Übersieh doch nicht, wie oft wir genau so lasterhaft handeln – nur im Guten.

JOSEF: Ach, unpassende Geistreicheleien, mit denen du gern groß tust. Man müßte sie Anspruchslosigkeit lehren und Achtung vor den festen Grundlagen des Daseins.

THOMAS: Josef, eben das ist es: die hat sie nicht, diese Achtung. Für dich gibt es Gesetze, Regeln; Gefühle, die man respektieren muß, Menschen, auf die man Rücksicht zu nehmen hat. Sie hat mit all dem geschöpft wie mit einem Sieb; erstaunt, daß es ihr nie gelingt. Inmitten einer ungeheuren Wohlordnung, gegen die sie nicht das geringste Stichhaltige einzuwenden weiß, bleibt etwas in ihr uneingeordnet. Der Keim einer anderen Ordnung, die sie nicht ausdenken wird. Ein Stückchen vom noch flüssigen Feuerkern der Schöpfung.

JOSEF: Du willst sie also wohl gar noch als einen Ausnahmemenschen hinstellen? *Steht auf. Ironisch, entschlossen, mit verstellter Feierlichkeit.* Ich danke dir; du hast mich sehen gelehrt. Weißt du, daß du damit auch den verteidigt hast, mit dem deine Frau geht?

THOMAS: Ja. Das weiß ich. Und das will ich ja doch. Du verlangst Ideale; aber auch, daß man keinen extremen Gebrauch von ihnen mache. Du läßt die Witwer wieder heiraten, aber erklärst die Liebe für unendlich, damit die Wiederverehelichung erst *nach* dem Tode erfolgt. Du glaubst an den struggle of life, aber milderst ihn durch das Gebot: Liebe deinen Nächsten. Du glaubst an die Nächstenliebe, aber milderst sie durch den struggle of life. Du verschaffst den Gesetzen *unbedingt* Geltung, aber begnadigst hinterdrein. Du bist für Besitz *und* Wohltätigkeit. Du erklärst, daß man für die höchsten Güter sterben müsse, weil du schon voraussetzt, daß keiner auch nur eine Stunde lang für sie lebt –

JOSEF *unterbricht ihn:* Du möchtest also mit einem Wort behaupten, daß ich überfordere; am Ende, daß ich zu rigoros war. Oder umgekehrt: daß ich solch eine gewöhnliche Kompromißnatur bin?

THOMAS: Ich will nur behaupten, was niemand bestreitet, daß du ein tüchtiger Mensch bist, der sich eine solide Grundlage schaffen muß! Ich will gar nichts andres behaupten. Du gehst auf einem ausgelegten Balkennetz; es gibt aber Menschen, die von den dazwischenliegenden Löchern angezogen werden hinunterzublicken.

JOSEF: Ich danke; ich erkenne jetzt doch, wer du bist. Du bist zwischen den Kranken ein Angekränkelter.

THOMAS: Ich meine, daß man gegen Menschen wie dich um die Berechtigung kämpfen muß, hie und da krank zu sein und die Welt aus der Horizontale zu sehn.

JOSEF *geht nahe zu ihm:* Glaubst du, daß man mit solchen Anschauungen das Vertrauen verdient, Schüler zu haben und an der Universität lehren zu dürfen?

THOMAS: Ich pfeife auch drauf. Verstehst du: ich – pfeif – dir – drauf. Ich möchte mir das Gefühl bewahren, durch eine fremde Stadt zu gehn, in der ich noch ungeheure Möglichkeiten vor mir habe.

JOSEF: Also so weit geht deine Übereinstimmung mit diesem davongejagten Privatdozenten?

THOMAS *schreit ihn an:* Ich finde ihn lächerlich!! . . . Ich verteidige ihn ja nur gegen *dich.*

JOSEF: Thomas, du bist noch immer verwirrt! Zehn Jahre hast du wissenschaftlich gearbeitet; und ich muß sagen, tüchtig. Du sprichst unverantwortlich, aber ich fühle mich für dich verantwortlich.

THOMAS: Sieh um dich! Unsre Kollegen fliegen, durchbohren Berge, fahren unter Wasser, zucken vor keiner noch so tiefen Neuerung ihrer Systeme zurück. Alles, was sie seit Jahrhunderten machen, ist kühn als Gleichnis einer ungeheuren, abenteuerlichen neuen Menschlichkeit. Die niemals kommt. Denn ihr habt über eurem Tun längst seine Seele vergessen. Und wenn ihr Seele haben wollt, verliert ihr den Verstand so wie ein Student die Couleur ablegt, bevor er zu Weibern geht.

JOSEF: Das ist mangelnder Ernst! Macht, was ich wollt! Euer armer Vater auf seinem Totenbett hat euch Geschwister und Vettern zwar meiner als des Älteren Sorge anvertraut, aber Gott sei mein Zeuge, ich kann mich nicht länger damit einlassen. Ich will mit euch nichts zu tun haben. Nichts! *Zornig ab.*

Thomas lacht hinter ihm drein. Regine öffnet leise die Tür.

REGINE: Ich habe gehorcht.

THOMAS *gespielt:* Das sollst du nicht mehr tun, Regine.

REGINE *putzt ihren Rock ab:* Was liegt daran, ob ich zuletzt das noch tue. Oh, ich wollte es noch einmal versuchen; aber – *sie sagt das, wie man von einem bösen Zeichen spricht* – ich habe mich geschämt.

THOMAS: Reginchen, Träumelinchen, das darfst du nicht tun, das schickt sich nicht. Du bist jetzt ein edler, erwachsener, kämpfender Mensch. Weißt du schon? Maria ist fort. Wein doch nicht! Natürlich: Anselm!

REGINE *kämpft mit den Tränen:* Nicht um Anselm, nicht um Anselm! Soll ihn sich Maria nur holen! Mir war er nie auch nur sympathisch; immer blieb etwas fremd; eilig in den Beinen, schnüffelnd um die Nase. Ich hatte nie dieses einfach körperliche Vertrauen zu ihm, wie ich es, solange ich denken kann, zu dir hatte . . . Aber ich habe gefühlt, mein Leben wird besser; er hat soviel Interesse für mich gehabt; er findet an jedem etwas heraus; da durfte nichts mehr nur beiläufig geschehn . . .

THOMAS: Ach? Und die Narretei mit Johannes?

REGINE: Thomas, für mich hat Johannes gelebt, nur für mich! Er hatte keinen andren Zweck und Lebensinhalt anerkannt als mich! So verrückt war ich nie, zu vergessen, daß das alles war; an Wirklichkeit. Aber daß es dieses Wesen in der Welt nicht mehr gab: dagegen lehnte ich mich auf. Es war Flucht in die Unwirklichkeit, gut – *Sie denkt nach und wiederholt es ohne die Mißbilligung im Ton.* Flucht in die Unwirklichkeit: auch das hat er immer gesagt, Anselm . . . In die Nochnichtwirklichkeit, auf den Berg. Es ist etwas in uns, das zwischen diesen Menschen nicht zu Hause ist: wissen wir, was es ist? Und hat nicht den Mut dazu gehabt! . . . Ich war ja plötzlich ganz blöd und keusch geworden, als ich merkte, es handelt sich um andres. Das war nicht mehr dieses traumhaft einfache einen Menschen hineinziehn hinter die vier Papierwände der Phantasie. Seine Ideen schoben einen Widerstand davor. Zum erstenmal war es nicht dieser sinnlos direkte Weiberweg von den Augen unter das Herz; ich begriff: starke Menschen sind rein. Und ob du mich auslachst: ich wäre immer gern stark gewesen wie ein Riese, von dem man noch nach Geschlechtern erzählt! Und jeder kann es; jeder läßt sich nur in sich hineinpacken wie in einen zu kleinen Koffer. Aber er hat den Mut nicht gehabt! Er hat sich gerettet! Thomas! Was er mit Maria tut: das ist feige Flucht in die Wirklichkeit!

THOMAS: So einfach geht es bei Maria nicht, du wirst sehn.

REGINE *bereitet sich Tee:* Ich war, bevor ich an die Tür kam, noch einmal durch das Haus gegangen. Zu den alten Kinderzimmern, zu den Bodenkammern, zu allen Plätzen unsrer Phantasie. Auch an der Stelle, wo sich Johannes getötet hat, war ich. *Sie zuckt die Achseln mit dem Ausdruck: es war nichts.* Alles war fast genau so wie einst. Die Dienstleute standen hinter ihren Türen auf; etwas später, so warten sie in ihren Zimmern darauf, daß man klingle. Alles ist dann aufgeräumt und aufgezogen. Bereit, loszuschnurren wie an allen den fünfzehnmal dreihundertfünfundsechzig nicht mehr vorhandenen Tagen. Darunter die Tage, wo ich nicht hier war, wo ich unglücklich war, wo ich in einem fremden Haus ins Bettlaken biß und weinte.

THOMAS: Immer leerer wird das Haus. Anselm ist fort. Maria ist fort; ich wette, daß Josef den nächsten Zug nimmt.

REGINE: Oh, ich möchte mich noch einmal niederwerfen dürfen auf die Erde, zwischen die Blumen des Teppichs. Sieh mich nur so an – halt mich mit deinen bösen nüchternen Augen, damit ich es nicht tue!

THOMAS: Auf solchen großen Blumen sind wir manchmal Ornamente gegangen. So groß waren sie nicht, aber sinnlos verschlungen.

REGINE: Die Blumen wachsen maßlos, wenn man auf der Erde liegt. Die Stuhlbeine stehen wie Bäume ohne Kronen steif und warumlos in ihre Stellen gepflanzt: Das ist die Welt. Die große Welt.

THOMAS: Wir saßen einmal in einem Schrank – erinnerst du dich noch? – versteckt.

REGINE *geht aufmerksam den paar großen Kurven des Teppichmusters nach; vor und zurück, manchmal von der einen zur andren übertretend:* Das ist so unheimlich. Ich kann mich überall hin bewegen und kann mich doch nicht überall hin bewegen. Nachts, wenn ich wach bin, würde ich mich nie trauen, aufzustehn und aufrecht durchs Zimmer zu gehn. Selbst wenn ich nur meine Hand hervorziehe und unter den Kopf lege, muß ich sie rasch wieder zurücknehmen. So unheimlich ist es, daß sie daliegt in der fremden Welt, ohne daß ich sie sehe. Sie ist gar nicht mehr meine Hand; ich muß sie rasch unter die Decke ziehn und wieder anheilen lassen.

THOMAS *seinen Gedanken verfolgend:* Wir saßen in einem Schrank und unsre Halsadern glucksten vor Aufregung. *Er unterbricht sich.* Aber Unsinn, wir sind keine Kinder mehr. *Auf die von Regine abgeschrittenen Muster deutend.* Man kommt nie aus dem Vorgezeichneten heraus. Manchmal ist mir, als wäre alles schon in der Kindheit beschlossen gewesen. Steigend, kommt man immer wieder an den gleichen Punkten vorbei, dreht sich über dem vorgezeichneten Grundriß im Leeren. Wie eine Wendeltreppe.

REGINE *mit halb gespieltem, halb wirklichem Entsetzen auf die emporführende Treppe deutend:* Da ist sie! Ich mag sie nicht sehn! *Sie verbirgt sich am Diwan.*

THOMAS *selbst erschrocken:* Kannst du erschrecken! *Er setzt sich brüderlich ungeniert zu ihr.* Heute nacht habe ich geträumt; von dir. Wir saßen wieder in einem Schrank –

REGINE: Aber wie dein Herz klopft. Durch den Rock.

THOMAS: Aber gleicht denn dieses Zimmer nicht einem Schrank? Ist denn dieses ganze leergewordene Haus nicht wie ein ausgeräumter Schrank? So wird man wieder zurückgedreht.

REGINE *richtet sich halb auf, von einem beängstigenden Gedanken erfaßt:* Was werden wir jetzt machen?!

THOMAS: Nichts, Regine. Die vergoldeten Nüsse hängen nie an den wirklichen Bäumen. Man sucht sie bloß dort; was merkwürdig genug ist. Ich habe mir vielleicht einigemal in jedem Jahr heimlich gewünscht: Marias Abwendung. Loslassen, leise durch die Weite wandernde Begleitmusik zu einem Marsch, der noch gar nicht vor sich geht. So wie *du* bist. Sie sieht auch wahrscheinlich nur etwas wie Sterne, an Tragstangen schwankend; Blätter, durch deren Schlaf Licht wie mit Händen fährt. Aber es mag schön an so etwas zu denken sein –

REGINE: Und ist holprig durch solche Nacht zu gehn? Braver Thomas! *Sie legt sich wieder hin.*

THOMAS: Nein, unsinnig, unsinnig beides! So ziellos, so zwecklos das Ganze!

REGINE: Warte. Ich kann mir gar nicht mehr vorstellen, wie das früher bei mir war. Ich lag unter einem Gebüsch und nahm einen Käfer in den Mund. Der stellte sich tot. Und mein Puls zählte. Und ich sagte mir, bei einer bestimmten Zahl wird er als kleiner Prinz aus meinem magisch erleuchteten Mund heraustreten. Ja, das war noch Zauberei. Einen Teil der Welt verschlucken. Dann spuckte ich das Ding aus, wenn die Zahl vorbei war, aber dachte mir doch das nächstemal das gleiche, denn ich hatte ein geheimnisvolles Gefühl von mir. So habe ich gelebt. Lange. Dann wurde es immer gewöhnlicher. Ja. Immer zweckloser. Immer sinnloser.

THOMAS: Spürst du nicht, daß es von den Wiesen herein nach Fischen riecht? Ein unanständiger Geruch. *Er steht hinter ihrem Kopf.* Und wenn ich dich anschaue, so verkehrt, bist du wie eine plastische Karte, ein gräßlicher Gegenstand, keine Frau.

REGINE: Hast aber nachts mit Herzklopfen geträumt, daß wir in einem Schrank saßen?

THOMAS: Du warst älter als du bist, so alt wie Maria, und zugleich sahst du aus wie vor fünfzehn Jahren. Du schriest so wie gestern, aber es war leis und schön. Wir sind ganz ruhig gesessen. Dein Bein lag an meinem wie ein Boot an seinem Landungssteg; dann wieder wie das süße glitzernde Hin- und Herrinnen des Winds in den Wipfeln. Das war Glück.

REGINE: Aber wie soll man das tun?

THOMAS: Tun? Ich weiß nicht. Aus Verzweiflung einander aufschneiden und sich in fremdem Innern wälzen wie ein Hund auf dem Aas?

REGINE: *Das* Ende war vorgezeichnet! Wir wissen nicht, was wir tun sollen! Wir werden immer wieder vor dieser Wand stehn! Ich kann nicht mehr!

THOMAS *hält ihren Kopf fest und küßt sie:* Dich kann ich küssen: Verkommene Schwester. Unsre vier Lippen sind vier Würmer, nichts sonst!

REGINE: Ich möchte dich mit den weichsten Teilen meines Körpers umschließen. Wie er mich umschließt. Weil ich dich immer lieb hatte. Wie mich. Aber nicht mehr. Nicht mehr.

THOMAS: Ah . . . erst stand dieser Kuß weit vor mir lockend. Nun ist er ebensoweit hinter mir, brennend. Hindurchgekommen sind wir nie. Nie. Nie. Du fühlst das!

Fräulein Mertens ist eingetreten und hat das mitangesehn. Sie will sich eben empört zurückziehn, als die beiden sie bemerken.

FRÄULEIN MERTENS: Oh, Regine, Sie haben sich rasch getröstet; ich wollte fortgehn, ohne ein Wort zu sagen. Eine mir unverständliche Auffassung herrscht in diesem Haus.

Regine und Thomas brechen in ein etwas erzwungenes Lachen aus.

THOMAS: Verstehen Sie, das war keine Liebesszene, was Sie überrascht haben. Das war eine Anti-Liebesszene. Das war eine Sozusagen-Verzweiflungsszene.

FRÄULEIN MERTENS: Ich maße mir kein Urteil an.

THOMAS: Worüber waren wir verzweifelt, Regine?

REGINE *noch im Ton:* Wir waren darüber verzweifelt, daß uns nichts mehr übrigblieb, daß wir uns wieder benehmen mußten wie als Schulkinder. *Aus der Rolle fallend.* Mertens! Hören Sie, lassen Sie mich nicht allein! Ich brauche jemand, der meinen Kopf hält. Thomas würde traurig neben mir sitzen, wenn ich sterbe, und mir erklären, daß ich ihn dabei nur störe. Er würde verlangen, daß ich als Sterbende ihm ausdrücken helfe, warum dieser Augenblick nur eine glanzlose körperliche Katastrophe ist, während Angst und Trauer zu seinen beiden Seiten so verzaubert glühn.

THOMAS: Aber sei doch nicht albern.

FRÄULEIN MERTENS: Ich reise abends. Ich werde den Rest dieses Tags außer Haus verbringen. Treiben Sie bitte nicht bis zum Ende Scherz mit mir; Sie denken nicht ans Sterben.

REGINE: Aber Mertens! Habe ich nicht immer daran gedacht?

FRÄULEIN MERTENS: Ich weiß nicht, woran Sie gedacht haben, während Sie mir einen herrlichen Glauben vorspiegelten, der sich in der engen Wirklichkeit nicht zufrieden gab. Ich bin einer Illusion unterlegen. Denn auch ich habe einst den Geliebten verloren; aber ich habe ihm durch einundzwanzig Jahre reine Treue gewahrt bis heute. *Ab.*

THOMAS: Da hast du's! Das Laster ist Schmutz. Aber die Tugend ist auch nur frisch genießbar!

REGINE: Nun wird sie wirklich gehn. Maria, Josef, sie –: Die Ordnung weicht zurück wie das Fleisch beim Skorbut von den Zähnen; nun müssen sie bald ausfallen.

THOMAS: Warum läßt du dich niederdrücken! Selbst von so einer Person. *Sie sitzen geduckt fern voneinander und können den Versuch nicht wieder aufnehmen.*

REGINE *trotzig:* Weil ich nicht weiß, was ich tun soll. Verstehst du denn nicht, ich habe immer etwas tun müssen. Nun weiß ich nichts mehr. Komm! Nein, bleib! Das Geheimnis: ich mitten zwischen alldem – ist zu Ende.

THOMAS: Nichts behält in der Nähe die Leuchtkraft und bei liebloser Betrachtung; Leuchtwürmchen: fängst du eins, ist es ein lichtloses graues Würstchen! Aber das zu wissen, gibt ein verteufelteres Gefühl als zu poeseln: Gotteslaternchen!

REGINE: Für mich haben Gedanken wenig Reiz.

THOMAS: Da hast du vielleicht recht. Dagegen ist vielleicht wenig zu sagen . . . Aber dann kann ich dir nicht helfen.

REGINE: . . . Als ich von euch fortging, nach Johannes, besaß ich noch Mut. Irgendeine Erwartung; ich nannte sie, falsch natürlich: Trauer.

THOMAS: Hunger war es natürlich.

REGINE: Ja, Mut. Aber was kam, war ein endloses Quellen von leeren Stunden. Ich verstehe einfach nicht, wie die andren Menschen es machen, sie richtig auszufüllen.

THOMAS: Sie schwindeln natürlich; sie haben einen Beruf, ein Ziel, einen Charakter, Bekannte, Manieren, Vorsätze, Kleider. Wechselseitige Sicherungen gegen den Untergang in den Millionen Metern Raumtiefe.

REGINE: Aber es ist alles, was geschieht, doch nur halb Ernst; halb Spiel! Man beschwört das Entsetzlichste, und es kommt ganz gleichgültig herauf, ohne Grauen und Spannung. Weil gerade ein Telephon in der Nähe ist oder nicht in der Nähe ist, aus Langweile, aus Sinnlosigkeit des Widerstands. Weil das ganze Dahinleben so schrecklich von selbst und ohne dich geht, ohne Schuld und Unschuld, wenn man es einmal begonnen hat.

THOMAS *geht zu ihr und sieht sie unschlüssig an:* Aus tausend Gründen quellend; die ein Detektiv oder ein Menschenkenner erforschen kann; nur nicht aus dem einen, dem tiefsten Grund: aus dir.

REGINE *abwehrend:* Wir können es nicht noch einmal machen. *Sie geht weiter weg von ihm.* Menschen glauben dich zu besitzen, dein ganzes Wesen liefert sich ihnen aus und du bist gar nicht vorhanden in diesem wahnsinnig abschnurrenden Spielwerk . . .: Das war einmal schön, Geheimnis, Zauberei, eine Formel von wahnsinniger Kraft. Irgendwie gut und groß.

THOMAS: Aber doch auch bloß: die Anfangsillusion, die jeder junge Mensch von sich hat, das Morgengefühl. Man kann tun, was man will, denn alles kommt zu einem selbst zurück wie ein in die Luft geworfener Bumerang.

REGINE: Man hatte Freude daran, sich exzentrisch zu parfümieren und komplizierte leichte Speisen zu essen. Und eines Tags ertappt man sich dabei, daß man nur mehr Tee trinkt, Bonbons ißt und Zigaretten raucht. Hineingezogen fühlt man sich in einen Plan, der vor allem Anfang gemacht war, und eingeschlossen. Das Vorherberechnete kommt über dich, das was alle wissen; der Schlaf zu bestimmten Stunden, die Mahlzeiten zu bestimmten Stunden, der Rhythmus der Verdauung, der mit der Sonne um die Erde geht . . .

THOMAS: Und im Sommer nehmen die Zeugungen zu und im Herbst die Selbstmorde.

REGINE: Es zieht dich hinein! Und die Männer werden noch immer wie etwas unverständlich Kriechendes zu mir kommen; wie Tausendfüßer, wie Würmer; du merkst keinen Unterschied und fühlst doch, daß in jedem von ihnen das Leben verschieden ist . . .!

THOMAS *wie mit einer Vision vor sich, sieht von fern durchs Fenster ins Ferne:* Bald wird jetzt Maria mit Anselm weit draußen stehn; in einer fremden Landschaft. Die Sonne wird auf Gras und Sträucher scheinen wie hier, das Gestrüpp wird dampfen und alles in der Luft fliegende Fleisch wird jubeln. Anselm wird vielleicht lügen, aber in jener fernen Landschaft kann ich gar nicht wissen, was er sagt . . .

REGINE: Bist du unglücklich?

THOMAS: Jeder Konflikt hat seine Bedeutung nur in einer bestimmten Luft; sowie ich sie in dieser fernen Landschaft sehe, ist alles vorbei. Das ist nicht in Einklang zu bringen, Regine; alle letzten Dinge sind nicht in Einklang mit uns zu bringen. Wohl ist nur denen, die es nicht brauchen.

REGINE: Hilf mir, Thomas, rate mir, wenn du es kannst.

THOMAS: Wie soll ich dir helfen? Man muß einfach die Kraft haben, diese Widersprüche zu lieben.

REGINE: Was wirst du denn *tun*?

THOMAS: Ich weiß nicht. Jetzt denke ich so, aber vielleicht denke ich später anders. Ich möchte bloß vor mich hingehn . . .

REGINE: Geh mit mir fort! Machen wir etwas! Nur irgend etwas! Hilf mir doch! Mein Wille von einst wird sonst zu einem Brei von Ekel!

THOMAS: Aber Regine. Fast körperlich weiter erscheint die Welt, wenn vordem die rechte Seite immer durch die Nachbarschaft eines andren Menschen abgeblendet war. So steht man mit einemmal erstaunt in einem weiten Halbkreis. Allein.

REGINE: Bleiben wie ich bin, kann ich nicht! Und anders werden, wie denn?! Wie Maria?!

THOMAS: Man wandert einfach so umher. Feindlich sind dir alle, die ihren bestimmten Weg gehn, während du auf der unbestimmten Bettlerfahrt des Geistes durch die Welt bist. Trotzdem gehörst du ihnen irgendwie zu. Nicht viel sagen, wenn sie dich streng anschaun; Stille; man verkriecht sich hinter seiner Haut.

REGINE *mit plötzlicher Wendung zum Gehen:* So hast du mir nur noch eins zu tun übriggelassen! Das, was ich dir nicht gesagt habe!

THOMAS: Übertriebenheiten! Ich habe dich absichtlich nicht mehr danach gefragt. In diesen letzten Tagen dachte ich auch manchmal daran. Aber wenn man nachher an seiner eigenen Leiche stehn könnte, würde man sich der Voreiligkeit schämen. Denn die Gelsen würden einen an diesen schönen Sommertagen respektlos stechen und man würde sowohl vom Schauer der Unendlichkeit ergriffen sein als sich kratzen.

REGINE *lächelnd:* Thomas, Thomas, du bist ein fühlloser Verstandesmensch.

THOMAS: Nein nein, Regine, wenn irgendwer, so bin gerade ich ein Träumer. Und du ein Träumer. Das sind scheinbar die gefühllosen Menschen. Sie wandern, sehn zu, was die Leute machen, die sich in der Welt zu Hause fühlen. Und tragen etwas in sich, das die nicht spüren. Ein Sinken in jedem Augenblick durch alles hindurch ins Bodenlose. Ohne unterzugehn. Den Schöpfungszustand.

Regine küßt ihn rasch und eilt hinaus, bevor er nach ihr greifen kann.

THOMAS: Aber Regine! . . . Nein, nein, sie wird doch keinen Unsinn tun. *Steht aber doch auf und geht ihr nach.*

VORHANG

«Man liebt …

ANHANG

ZU EINEM FRÜHEN SZENEN-ENTWURF

Personen:

Gentebrück
Mornas
Maria Gentebrück
Martha/Lisa – Sie trägt ein weißes Kleid u verschiedenfarbige Shawls
Justizrat Sprunghügel *[vorher, gestrichen:* Dr. Redlich*]*

Thomas Gentebrück
Maria, seine Frau
Fanny, ihre Schwester

Josef Greil, deren Mann
Tino, deren Söhnchen
Anselm Mornas
Die Erzieherin Tinos.

Die schwachen Starken
Die Vereinsamung.
Der Weg ins Eis.
Der letzte Weg
Die Scheinheilige.
Die Krähe.
Die Freunde

AUS ROBERT UND MARTHA MUSILS BRIEFEN

MARTHA MUSIL AN IHRE TOCHTER ANNINA

18. XII. 1917.

[...] Wir machen schon wieder Pläne für die erste Zeit, Robert ist nur dafür am Land zu leben (wenigstens bis das Drama fertig ist), und wir neigen sehr dazu Adelsberg zu wählen. [...]

[Brünn Anfang Januar 1918?]

[...] Robert geht sehr ungern zum K. zurück; der Urlaub ist eben doch viel schöner. Entheben? ginge wahrscheinlich. Doch ist es gefährlich, wenn der Krieg nicht inzwischen zum Ende neigt, und das scheint er leider immer noch nicht.. Trotz mannigfacher Störungen ist Robert hier in guter Arbeits-Stimmung und ist mit dem Drama zufrieden; nur braucht er noch Zeit, es zu beenden.. Am 18. reisen wir wieder nach Wien – bis Ende d. M. dann muß Robert zurück. [...]

28. XII. 1918.

[...] Robert bittet Dich, ihm zu schreiben, aber bittet um Entschuldigung, wenn er nicht antwortet, weil er keine Zeit hat. Das Drama geht jetzt weiter; hoffentlich wird es bald fertig, ich fürchte nur, daß das Amt ihn sehr hindern wird. [...]

AN SIBYLLEN VERLAG DRESDEN?

Wien, 30. Jänner 1919.

Sehr geehrter Herr.

Soweit ich mein Arbeitstempo voraus sagen kann, hatte ich damit gerechnet, das Manuskript der Schwärmer spätestens im März druckfertig zu bekommen. Nun hat mich aber die Notwendigkeit des Lebensunterhalts inzwischen gezwungen, eine Stellung im politischen Dienst anzunehmen und ich kann bis auf weiteres nicht eine Zeile schreiben.

Nehmen Sie vielen Dank für Ihr freundliches Interesse.

Hochachtungsvoll
Robert Musil.

MARTHA MUSIL AN IHRE TOCHTER ANINA

17. II. 1919.

[...] Die letzten zwei Wochen waren für Robert sehr schön, sein Chef war beim Kongreß in der Schweiz. Dadurch hatte er garnichts zu tun, und konnte für sich arbeiten. Robert sagt jetzt manchmal, daß das Drama bald fertig ist; aber ich wage nicht daran zu glauben. [...]

AN EFRAIM FRISCH

Wien 29. 11. 1919.

[...] Mir ist nun leider passiert, daß ich inzwischen so in mein Drama hineingeriet, daß ich nicht mehr herauskann, bevor es fertig ist. Das wird, wie ich hoffe, mit Ende des Jahrs der Fall sein. [...]

25. XII. 1919.

[...] Wir wollen *bestimmt* nach Berlin kommen – und sobald wie möglich, d. h. wenn das Stück fertig ist. Robert sagt, es fehle nicht mehr viel, aber man muß doch immer ein wenig länger schätzen, also ich denke, es wird noch mindestens einen Monat dauern. (Aber es wird *wunder*schön.) [...]

20. I. 20

[...] Ich kann schon garnicht erwarten, daß das Drama endlich ganz fertig wird – und alle Welt hier wartet auch darauf. Jetzt hat Robert schon Verschiedenen daraus vorgelesen. – [...]

AN ERHARD BUSCHBECK

7. 8. 1920.

Helmstreitmühle
Hinterbrühl bei/Wien

Lieber Herr Buschbeck!

Ihre Ratschläge memorierend, meine Seele mit dem Lammfell nach außen angezogen, pilgerte ich heute zu Dr. H. Sie scheinen ihn sehr gut zu kennen und um alles in allem zu sagen: er begann mit der Überlastung des Burg Theaters. Er trennte: 1. er könne überhaupt kein Stück mehr zur Annahme empfehlen, außer es wäre ein aufgelegter Erfolg 2. aber noch wenn er könnte, hätte er schwere Bedenken. Er wünschte selbst mit mir darüber zu sprechen und es folgte nun eine Debatte von einstündiger Dauer, sehr liebenswürdig und komisch. Wenn ich zusammenfasse, was ich verstanden habe, so ist es: Das Stück habe ihm Eindruck gemacht. Ich sei (Staderszenen u. einiges andre) eigentlich ein gerissener und gesalbter Theatermensch. Aber (jetzt übertreibe ich etwas:) am Geist fehle es halt. Worauf ich: Verehrter Doktor, hätten Sie mir Geist zu- und Theaterinstinkt abgesprochen, so hätten Sie mich vernichtet; da Sie das Umgekehrte tun, so bin *ich* sicher, daß *Sie* sich irren, zu rasch gelesen haben od dergl. (er liest nämlich sonst zweimal, mich nur 1 ×), denn als Erzähler u. Essayist spricht man mir doch gewiß und gerade Verstand zu und wenn ich das Gefühl habe, daß dies mein reifstes

Werk sei, so usw. Und ich hätte es doch gerade geschrieben, um endlich einmal Geist in die Theaterkonflikte zu bringen. – Daraufhin er: ich hätte vielleicht nicht die Form für das Neue gefunden, das ich will (worauf ich meine Ihnen bekannte Abneigung gegen Stile kundgab) und die Figuren seien nicht eigenartig. z. B. Regine; ohne mich mit Halbe verwechseln zu wollen, hätte dieser in seinem letzten eben erst als Bühnen Mspt. vorliegenden Stück eine ganz ähnliche Figur. Ich: Unmöglich! Das kann nur äußerlich sein. Aber äußerlich scheint die Ähnlichkeit wirklich zu bestehn und da fällt mir ein, daß ich H. nicht gesagt habe, wie sehr ich selbst weiß, daß R., wenn man nur die frigide Erotomanin in ihr sieht, eine landläufige Figur ist, daß sie das aber eben nur scheinbar ist. Kurz so ging es auf diesem schwierigen Gebiet hin und her und nicht vor und zurück und zusammengefaßt: ich glaube, der Grund ist, daß H. einfach die Figuren nicht fühlt; es sind ja doch wirklich Menschen und Konflikte, die zum erstenmal auf der Bühne stehn, aber H. sieht nicht ihr Wesentliches und kombiniert dann ihr Unwesentliches und Nebenbei zu einem natürlich falschen Bild. Das ist wohl sicher so, denn wir sprachen dann auch von Roman u. Drama, ich sagte, daß ich den höheren Kunstgehalt, das an den Geist Gehende des Romans für die Bühne gewinnen will u. er meinte, der Roman sei zwar geistiger, aber er lasse den Leser «kritisch», während das Drama den Zuschauer einbeziehen müsse. Oder so ähnlich, worauf ich wieder sagte, ich will den vereinzelten und vereinsamten Zuschauer usw., worauf wieder er: nun verstehe er mich besser und das gewisse Nichtmitreißende an den Schw. Worauf wiederum ich: aber sie rissen doch mit, wenn usw. usw. Die ganze Drehkrankheit nochmals diagnostiert – verzeihen Sie, daß ich so getreu berichte, aber bis morgen habe ich es sonst vergessen u. möchte Sie bitten, diesen Brief als Gedächtnishilfe aufzuheben –: Er fühlt nicht die Menschen, nicht die Hauptsachen, nicht das Pathos, nicht das Ethos; er muß mir sozusagen alles Eigentliche des Werks für die paar Stellen konzedieren, die ihm näher gingen, die aber in Wahrheit meine Konzenssionen sind, mit einem Wort, er sieht an meinem schönen Käs nur die Löcher und findet, daß der Käs zu wenig Löcher habe. Ich hoffe, daß ihn die Aussprache ein klein wenig mehr zu mir herübergezogen hat, vielleicht sogar stutzig machte u. zum Nachdenken über sein Urteil anregte. Es kann natürlich auch Liebenswürdigkeit nur gewesen sein. Umstimmen ist in solchen Fällen ja fast unmöglich. Ich legte daher beizeiten das Steuer auf das von Ihnen angegebene Ziel: ohne daß ich mich binde, lasse ich doch das Mpt. dem Bg. Th. u. falls er vielleicht doch noch einmal anders denkt oder Besetzungsfragen ihn das Stück wieder vornehmen ließen usw. Ihm war das recht und wir schieden in Freundlichkeit. Ich nahm das Mpt. aber für einige Tage mit mir, weil ich inzwischen den I. Akt umgearbeitet habe u. gekürzt (was ich H. schon beim ersten Besuch gesagt hatte. Der Akt ist viel kürzer u. steiler, ohne viel vom Geistigen verloren zu haben.) und das ins Mpt. eintragen will. Da Sie ja in kurzer Zeit kommen, werde ich die Arbeit solang behalten und sie Ihnen persönlich übergeben, schreiben Sie mir bitte, wann, und ich werde Ihnen dankbar sein für alles Weitere. Freie Hand nach andrer Seite müssen Sie mir bei der geringen Aussicht, die Hs Widerstand läßt, natürlich gewähren, haben aber einen Bundesgenossen an meiner praktischen Indolenz.

[...]

Mit herzlichem Gruß und Dank für Ihre Instruktionen

Ihr Robert Musil.

AN BERTHOLD VIERTEL

Wien, III. Ungargasse 17, I. Stock. 5. Dezember 1920.

Sehr geehrter Herr Viertel.

Ich veranlasse gleichzeitig, daß Ihnen der Sibyllen Verlag Dresden-Frauenstrasse ein Mpt. von mir zusendet, es ist das Drama Die Schwärmer, und bitte Sie, es zu lesen. Was ich von Ihnen zu mir und mir zu Ihnen weiß, ermutigt mich zu der Hoffnung, daß Sie es nicht ohne Teilnahme lesen werden und ich hoffe auch, daß Sie mir beistimmen werden. Der Wind, der Worte und Handlung treibt, bläst darin anderswo her. (Ich habe die Ihnen zugehende Abschrift leider nie selbst gesehn; sie ist nach einem Mpt. kopiert, das ich unter Benützung eines älteren hergestellt hatte. Sollten Unklarheiten entstanden sein, könnte ich in einiger Zeit diese Abschrift mit einem von mir kontrollierten, aber schlechter geschriebenen Mpt. vertauschen.)

Zeiss und Kahane-Hollaender werden das Stück spielen. Ich habe aber noch keinen *nahen* Termin dafür erreichen können – Sie wissen ja, wie die Verhältnisse jetzt bei den Theatern liegen – und gerade daran hängen die wichtigsten persönlichen Interessen für mich. Denn ich muß den Verlagsvertrag abschließen (nicht mit dem Sib. Vlg.) und die Verleger traun sich heute kaum auf lange Sicht so viel zu investieren als man braucht um weiterarbeiten zu können. Zwei bis drei Aufführungstermine, auf die man bauen kann, würden jedoch dafür entscheiden.

Mit München hoffe ich wohl bald zu einem befriedigenden Ergebnis zu kommen, die Berliner können sich aber erst in einigen Wochen auf den Termin festlegen. Das ist die Situation, in der ich mich an Sie mit der Bitte wende, das Mpt. zu lesen und mich möglichst bald wissen zu lassen, ob ich auf Ihre Unterstützung rechnen kann oder nicht.

Wenn ich daraus, wie das Stück auf Blei, Gütersloh, Werfel, Buschbeck, Rob. Müller, Polgar, Moritz Heimann, Kahane u. a. gewirkt hat, auf Ihren Eindruck schließen darf, müßte es der sein, daß dieses Neue auch auf der Bühne durchgesetzt werden muß, und gerade Sie wären ja wohl imstande, vorbildlich den ersten Angriff auf das Publikum zu leiten, sobald Sie sich meiner Sache innerlich anzunehmen vermöchten.

Mit den besten Empfehlungen

Ihr hochachtungsvoll ergebener
Robert Musil.

AN JOHANNES VON ALLESCH

Wien, am 24. Dezember 1920.

Lieber Freund!
Nimm vielen Dank für die freundschaftliche Intervention bei Tiedemann! Das Telegramm Franckes habe ich nie erhalten und schrieb ihm daher vor nicht langer Zeit ein paar Worte, die den Abbau vorbereiten sollten. Mit diesen kreuzte sich eine Mitteilung von ihm, die mir sagte, daß T. nicht wolle und zwar schon wegen des Personenverzeichnisses. Ich habe seither noch nicht wieder geschrieben.

Denn ich bin in dieser Sache ziemlich schicksalsergeben. Einen solchen Menschen zum Verleger zu nehmen, ist ja zweifellos sehr gewagt; es kann sein, daß man ihm einen etwas besseren Zuschnitt gibt, wenn man erst mit ihm reden kann und sollte er Gründe von Dir verstanden haben, so könnte man hoffen, daß ihn bloß F. so verritten hat, was ich mir nach seinen Briefen wohl vorzustellen vermöchte. Aber wahrscheinlicher ist doch, daß da wenig zu machen ist. Bliebe immer noch die Frage, ob es nicht gut sei, sich durch ihn bis zum Roman zu sichern und an sonst nichts zu denken. Denn mit Fischer steht die Angelegenheit, vertraulich mitgeteilt, so: Als ich zurückmußte, hatte ich noch eine Unterredung mit ihm, in der er scheinbar ganz aufrichtig mir sagte, daß er mich im Verlag zu halten wünsche, aber nicht in der Lage sei, mir das zu bieten oder auch nur angenähert das, was ich verlange. Die Situation im Buchhandel sei derzeit so undurchsichtig, daß er ins Unsichere nicht solche Summen stecken könne, er schlage mir daher ein provisorisches Abkommen vor. Er wolle mir einstweilen durch 6 Monate 500 M. zahlen, gleichsam nur um die Verbindung aufrechtzuerhalten; liegen bis zum Ablauf dieser Frist greifbare Aufführungstermine vor, so will er mir dann einen Vertrag machen, der meinen Wünschen entspricht. Ich erklärte, daß ich mir das überlegen müsse, denn die bare Möglichkeit hängt davon ab, daß ich solange meiner Stellung im Ministerium sicher sei. (Was defacto nicht der Fall ist!) Ich wollte Tiedemann Zeit zur Entscheidung geben. Fischer, der das Stück nicht gelesen hatte, bat mich um das neue Mpt. und erbot sich, es sofort zu lesen und mir ein besseres Anbot telegrafisch zu machen, wenn er das Gefühl einer günstigeren Schwärmergeschäftsprognose habe, als er voraussetze. Rowohlt hat sich gezogen und meinte, daß er wohl im Fall greifbarer Aufführungstermine mir ca. 30000 M. bieten wollte, jetzt es aber nicht könnte. Ich stellte ihn nicht mehr ernstlich in Rechnung.

Seither ist von Fischer keine Sterbensnachricht gekommen und von Francke die bewußte Mitteilung. Ich schrieb darauf Fischer, daß ich mich entschlossen habe, auf sein Provisorium einzugehn, er müsse aber sofort mit dem Druck beginnen, wenn dies nicht schon geschehen ist. Die Antwort erwarte ich in diesen Tagen.

Sollte sich also T. doch noch als Werber einstellen, so könnte ich also wahrscheinlich das Abkommen mit F. rückgängig machen, denn ich habe ihn nie im Zweifel gelassen, daß es für mich nur ein Notakt bedeutet; im schlimmsten Fall müßte T. den angefangenen Druck übernehmen.

Ich fürchte sogar sehr, daß Fischer, denn selbst hinter der Menschlichkeit solcher Leute steckt immer ein Geschäftsantrieb und er hat sich wahrscheinlich gedacht: Rowohlt soll ihn nicht haben (ich hatte nichts gesagt, aber er tippte immerzu auf R.) – ich fürchte also sehr, daß F. auf die unüberlegte Notiz Grossmanns im Tagebuch hin sein Wort nicht wird halten wollen. Diese Träne G.s über meinen geringen Marktwert, im Augenblick, wo ich auf dem Markt feilsche, war wirklich eine sehr egoistische Befriedigung seines Entschuldigungsbedürfnisses vor sich selbst und wenn er solchen Verlauf in Ordnung findet, so möchte ich wirklich wissen, wohinaus solche Ordnung schließlich laufen wird.

Dies also erschöpfend berichtet, die Situation; Du wirst verstehn, daß ich innerlich auf das Schlimmste gefaßt, selbst gegen das Beste ein gewisses Mißtrauen aufbringe, das mich vor Enttäuschungen schützen kann. Handkuß und Empfehlungen, viele Grüße von meiner Frau; und herzlichen Dank für Deine Bemühungen und was eventuell aus ihr folgt. Daß ich Dich bitte, sobald Du es brauchst, über mich zu verfügen, ist abgemacht.

[...]

Frohe Weihnachten.

Wien, III. Ungargasse 17. 1. Juni 1921.

Als zweites herzlichen Dank für Deine freundlichen Absichten, den Schwärmern den Weg zu erleichtern. Wenn Du irgend eine Gelegenheit findest, Jessner darauf aufmerksam zu machen oder machen zu lassen, nimm sie bitte wahr, denn ich möchte das Stück gern zu ihm bringen und habe gar keine Verbindung bis jetzt. Bei Hollaender sitzt nämlich jetzt Stefan Hock, der ehemalige Burgtheaterdramaturg und ist mein ehrlich verständnisloser Gegner: ein Brief, den ich offen dieserhalb an Kahane schrieb, ist mir bis heute nicht beantwortet worden. Also muß ich mich wohl zum Weiterwandern entschließen. Überhaupt sieht es nicht erfreulich aus, Eindruck fast immer stark, Angst, das Stück nicht spielen zu können, noch stärker. Wird das Eis irgendwo gebrochen, so kann freilich auch der Umschwung weitgreifen. Bisher habe ich aber auch noch dazu ausgesprochen Pech.

[...]

Steinach in Tirol 15. Juli 1921.
Gasthof zur Rose

Lieber Freund.

Vielen Dank [...] für Deine liebenswürdige Initiative in Sachen der Schwärmer. Gr. dürfte ja wohl zu den Leuten gehören, die bloß einem bereits fahrenden Wagen nachlaufen können; dann mit Geschrei. Aber der Rat wegen Kortner ist nicht schlecht. Tatsächlich ist Jessner meine derzeit letzte Hoffnung, denn er könnte wohl der Aufführung den nötigen Nachdruck geben. Ich hoffe in zwei Tagen einen kompleten gebrochenen Bürstenabzug zu besitzen und werde ihn Dir sofort senden. Ich muß leider annehmen, daß Kortner keine Ahnung von mir hat und wenn ich mich ihm selbst empfehle, nur einen lästigen Jüngling sich einbilden wird; wenn Du ihm also den Druck in die Hand spielen könntest, wäre es viel besser und ich nehme es mit Dank an, vorausgesetzt, daß Dir daraus keine schwere Belästigung oder unangenehme Situation erwächst; Du wirst das sehen und ich darf Dich bitten, in solchem Fall ohneweiteres den Plan wieder fallen zu lassen oder ihn auf die leichteste Form zu reduzieren. Übrigens habe ich eine köstliche Menschenerfahrung mit einem Wiener Burgschauspieler gemacht, dem Buschbeck das Mpt. zeigte; er war begeistert, fand eine «für ihn erdachte» Rolle darin und – als ich ihn etwa drei Wochen später zufällig kennen lernte, hatte er vom ganzen Stück kaum mehr eine Ahnung.

[...]

AN FRANZ BLEI

14. 11. 21.

[...] Merkwürdig, ich höre von vielen Seiten Wirkung der Schwärmer, aber es erscheinen keine Rezensionen. Das ist schon so gespenstisch, als sollte ich an meinem eigenen Monument aufgehängt werden. [...]

AN ALFRED KERR

III. Ungargasse 17. 6. 12. 21.

Lieber und verehrter Doktor Kerr!

Meine Tochter kommt eben aus Berlin zurück und erzählt mir, daß Sie mit Flaute noch immer vor dem zweiten Akt liegen. Also keine Angelegenheit für Sie von wesenpackender Wichtigkeit; und wenn es das nicht hat, ist die ganze Absicht nicht erreicht. Aber ich schreibe nicht um zu klagen, sondern weil ich vor einigen Tagen die beiliegende Reklame zu Gesicht bekam: Die Weltbühne XVII Jhrg. Nr. 48

> Die Schwärmer. Schauspiel in 5 Akten von R. M. Sib. 24 M. usw. «Das Starke des Wertes in diesem Drama liegt in der ruhigen verinnerlichten Gestaltung abseitiger Dinge dieses Lebens, – die eben doch in diesem Leben sind.
> Alfred Kerr.»

Es ist im Anzeigenteil eine Anpreisung durch meinen Verlag. Die zweite ähnliche Notiz aus dessen Prospekt lege ich bei. Mir kam die Sache nicht ganz geheuer vor, und deshalb ließ ich Sie fragen. Ich bitte Sie selbstverständlich sehr, diesen Mißbrauch zu entschuldigen, und stelle es Ihnen ganz anheim ihn zu berichtigen. [...]

AN JOHANNES VON ALLESCH

16. Dezember 1921

[...]
Wegen der Schwärmer vielen Dank. Vorläufig haben sie einen Unstern, denn auch sichere Rezensionen sind bisher noch ausgeblieben, und ich glaube nicht, daß mit Theater etwas zu machen sein wird, bevor nicht ein gewisser Bucherfolg da ist. [...]

MARTHA MUSIL AN IHRE TOCHTER ANNINA

7. IV. 23.

Wir haben noch keine Nachricht vom Münchener Theater, da wird wohl die Aufführung verschoben sein. Wenn es damit nichts ist, willst Du nicht bis zum Semesteranfang nach Wien kommen? [...] – Du könntest ja beim 3. M. Verlag anfragen, ob das Münchener Theater die Sch. spielt. Die müßten es doch wissen Denn dann könnten wir lieber an den Starnbergersee gehn; gleich als Erholung.

AN JOHANNES VON ALLESCH

[Wenningstedt a. Sylt 26. VIII. 23]

Wir hören, daß Deine Frau schon in Berlin ist, also werden wir uns Anfang September sehn? Denn länger wollen wir nicht hier bleiben und auch Berlin schleunigst räumen, falls nicht doch die Schwärm. gespielt werden, woran ich wegen Besetzungsschwierigkeiten nicht glaube. [...] Hoffentlich auf Wiedersehn! Mit herzlichem Gruß Dein

Musil.

MARTHA MUSIL AN ARNE LAURIN

[Nach 5./6. Dezember 1923]

[...]
– Wir waren zur Premiere der Komödie in Berlin, es war ein schöner Erfolg, Viertel führt sie auch in Prag auf. Endlich sind auch die Schwärmer bei Viertel angenommen; werden aber wohl erst in der

nächsten Saison gespielt werden, weil sie lange vorbereitet werden müssen.

[...]

AN ALFRED KERR

Wien, III. Rasumofskygasse 20. 8. XII. 1923.

[...] ich danke unmeßbar viel seinem Geschick, dieses aus leichten Dünsten gebraute Mischwesen bühnenfest zu machen; wenn die Kritik den ernsteren Teil der Leistung ihm zuspricht, habe ich umsoweniger dagegen, als mir wahrscheinlich auch gelungen ist, was ich wollte: den Weg für die Schwärmer freizumachen. [...]

AN JULIUS LEVIN

Wien, III. Rasumofskygasse 20. 31. XII. 1923.

[...] Ich bin erst am Tag vor der Aufführung nach Berlin gekommen und am Tag nach der Aufführung wieder zurückgereist, in welcher Eile ich mich darauf beschränkte, Viertel die Namen einiger Freunde zu nennen, wie sie mir gerade einfielen, von denen ich handfest Unterstützung erwartete. Das übrige ging vom Theater aus. Ich darf zur Entschuldigung, daß ich dabei nicht an Sie dachte, wohl auch noch eins anführen: anders wäre es gewesen, wenn es sich um die «Schwärmer» gehandelt hätte! Aber die kleine Komödientravestie habe ich nur aus Spaß geschrieben und weil ich mir den Weg zur Bühne öffnen wollte.

[...]

[...] Die «Schwärmer» werde ich Ihnen vom Sibyllen-Verlg. zuschicken lassen; ich halte sie für den höchsten Punkt, den meine Linie bisher erreichte, einschließlich der neuen Novellen («Drei Frauen»), die bereits ausgedruckt sind und Rowohlt Ihnen hoffentlich zuschicken kann, obgleich sie erst im Februar erscheinen sollen.

[...]

AN THOMAS MANN

Wien, III. Rasumofskygasse 20. 14. Jänner 1924.

Sehr geehrter Herr Doktor!

Ich komme erst heute dazu, Ihnen für Ihr Buch wirklich das heißt nach dem Lesen zu danken. Die Art, wie Ihrem Krull sich die Grenzen zwischen reeller und imaginärer Welt verwischen, geht mir sehr ein. Sie gestatten Ihren Lesern Anregungen: Ich hoffe, dass Sie manchmal in der Fortsetzung diese Grenze nicht nur für Krull verwischen werden. Irgendwie ist es ja nur eine Welt. Eine Absicht, die Sie an ein paar Stellen andeuten und deren Ausführung durch die Festigkeit Ihrer Darstellung wunderbar ausfallen kann. Ich habe zwei Menschen in seiner Art – doch als Individuen sehr verschieden von ihm – in den «Schwärmern» beschrieben; ich möchte nicht einmal sagen, seiner Art, sondern nur aus seiner Verwandtschaft, vielleicht nur aus der entfernten Verwandtschaft: immerhin begrüße ich ihn aber wie ein Freimaurer. Verzeihen Sie mir die Frage, ob Sie dieses Buch kennen? Es wäre mir von höchsten Interesse zu wissen, ob nur ich mich in Ihrer Figur oder auch Sie sich in meinen (gemeint sind Anselm und Regine) erkennen. Da die freundlichen Worte Ihrer Widmung dem Törleß gelten, ist mir eingefallen, wie seltsam es wäre, wenn Sie das soviel näher liegende andere Buch kennten, aber ablehnten.

[...]

MARTHA MUSIL AN IHRE TOCHTER ANNINA

9. VI. 24.

[...] – Daß es doch wahrscheinlich im September zur Schwärmer Aufführung kommt, schrieb ich Dir schon. Augenblicklich denkt Robert an Forster als Thomas, Kortner Anselm die Binder Regine. [...]

AN RAINER MARIA RILKE

Wien, 16. November 1924.
III. Rasumofskygasse 20.

[...] Die Schwärmer sind ein literarischer Erfolg, aber gespielt wurden sie noch nie, obgleich oft angenommen; deshalb bin ich auch der Absicht des Deutschen Theaters in Berlin, diese Serie noch in diesem Winter zu durchbrechen, nicht sicher. Vinzenz – ich wollte zum Spaß noch unter das Niveau unsrer Bühne steigen, um den Leuten von da beizukommen – ist natürlich gespielt worden und sogar mit meinigem Erfolg. [...]

p.s. Ein französischer Freund hat vor einigen Wochen die Schwärmer an Thibaudet gesandt, was vielleicht wichtig zu wissen ist.

AN FRANZ BLEI

III. Rasumofskygasse 20. 4. Februar 25.

[...] Ich war Ihnen sehr dankbar, daß Sie in der Entgegnung gegen Hildenbrandt den Schwärmern eine gewisse Ausnahmsstellung zuschrieben, wenn selbst mit Einschränkungen, die Sie früher nicht gemacht haben und über die sich reden ließe. Aber geschah es mit Absicht oder ist es Ihnen nicht bewußt gewesen, daß Sie diesen Passus streichend, mich nun nicht nur nicht auszeichnen, sondern mitangreifen? In einem Augenblick dazu, wo das Deutsche Theater sich offenbar anschickt, mich sitzen zu lassen? Fahrlässige Tötung, selbst wenn es nur dem Gesicht des Artikels zuliebe geschehen sein sollte!

Wien, 26. Mai 1925.

[...] Ich bin unfähig, Ihnen in einer meiner Freude entsprechenden Weise für Ihre Bemerkungen über die Schwärmer zu danken. Ich habe mich so gefreut, aber das geht noch weit über den Rand hinaus, selbst wenn ich unten anfinge.

Wien, III. Rasumofskygasse 20. 30. März 1929.

Lieber Freund! – Sie werden ja wohl schon einiges davon gehört haben, daß man gegen meinen Willen die Schwärmer aufführt. Schuld ist, wie sich nun herausstellt, der Drei Masken Verlag, der hinter meinem Rücken das Stück sozusagen verramscht hat. Ich suche die Aufführung noch rechtlich zu verhindern, aber es ist wahrscheinlich, daß es dazu schon zu spät ist, wenn ich mich nicht der Gefahr aussetzen will, vom Theater auf Schadenersatz geklagt zu werden. Die dumme Osterreiserei erschwert überdies den Kontakt mit den Zeitungen, so daß z. B. das B. T. eine Zuschrift von mir ignoriert hat. Ich bitte Sie nun folgendes: Die Aufführung soll schon Mittwoch statt finden, gehen Sie bitte hin und beschreiben Sie mir kurz den Eindruck, der ja voraussichtlich jämmerlich sein wird. Das Theater ist das in der Kommandantenstraße. Ich brauche das dringend als Grundlage weiterer Schritte gegen den Dreimaskenverlag. Ihr Urteil hat Gewicht und ich kann mich auf Ihr Verhältnis zu dem Stück verlassen. Eine zweite Bitte ist, daß Sie Hildenbrandt anrufen oder Olden oder Theodor selbst und ihn aufmerksam machen, was das für ein Verbrechen ist, gerade dieses Stück mit unbekannten Schauspielern, ein paar Proben und von Herrn Joe Lherman bearbeitet, gegen meinen Willen herauszubringen. Bei der Zusammensetzung der Berliner Kritik laufe ich ja noch dazu Gefahr, daß man an dem Ausfall den Schwärmern die Schuld gibt. Es wäre zu sagen, daß das nicht eine Privataffaire eines beliebigen Autors, sondern eins der schwersten Theaterverbrechen ist. Ich kann mich aus persönlichen Gründen nicht an Kerr wenden, und die anderen Herrn des BT. werden es von selbst nicht in voller Tragweite einsehen.

Ich lege Ihnen ein Interview bei, das einige Anhaltspunkte über die Affaire gibt. Werde auch trachten, noch Dienstag eines im MM. zu plazieren, es ist aber wenig wahrscheinlich, daß das gelingt, da der Vertreter nicht in Wien ist. Bitte um Nachricht. Sie können sich denken, wie ich herumrase!

Herzlichst Ihr Musil.

Wien, 26. April 1929.

Lieber Freund!

Diese Geschichte mit dem Drei Masken Verlag, die jetzt der Schutzverband übernehmen wird, macht mir Schreiberei, die sehr unzeitgemäß ist, wenn man schon so verzweifelt am laufenden Band der Schreibmaschine steht, wie ich es tun muß, um fertig zu werden. Darum komme ich erst heute dazu, Ihnen für Ihre Mitteilungen zu danken. Es hat mich sehr beruhigt, daß Ihnen die Erwiderung im Tagebuch gefiel; ich hatte sie so schnell schreiben müssen – erschienen ist sie dann mit achttägiger Verspätung –, daß ich mich sehr unsicher fühlte, ob ich halbwegs gut geschossen habe, ehe Ihre Bestätigung kam. Von Ihrem Brief, worin Sie mir bestätigen, daß die Aufführung dem Stück geschadet hat, werde ich, Ihre Erlaubnis voraussetzend, Gebrauch machen, wenn es, wie ich annehme, zum Prozeß gegen den DM Verlag kommt.

Ich möchte Sie nun noch bitten, daß Sie bei nächster Gelegenheit ein wenig zwischen Hildenbrandt und mir vermitteln. Ich glaube, es war ein Fehler, daß Sie damals nicht ihn, sondern Olden angesprochen haben. Ich schrieb ihm nachträglich, weshalb das BT. sich unfreundlicher als andere Blätter verhalten habe, da es von meinem Protest keine Kenntnis gab; seine Antwort war kühl und kurz, das sei keine Unfreundlichkeit gewesen, sondern Unklarheit der Sache. Eine gewisse Blattsolidarität mit Kerr dürfte dabei auch mitsprechen, aber ganz unnötig und in der Hauptsache kann es nur Entfremdung und vielleicht gekränkter Stolz sein, weil ich ihn nicht persönlich informierte, sondern nur ein allgemeines Communiqué sandte. Übrigens habe ich keine Ahnung, und es spricht so vielleicht nur die Größe. Das Unangenehme ist, daß ich das BT. brauche, um wieder dort schreiben zu können, wenn ich Zeit habe, und wie die Dinge jetzt liegen, kann ich mich H. kaum antragen. Also der Wunsch wäre, daß Sie Ihren Dufreund ein wenig auf liebendes Verlangen nach meiner Mitarbeit stimmen.

Viele Grüße – was macht Ihre Zeitschrift?

Ihr

Musil.

DER SCHWÄRMERSKANDAL
[20. April 1929]

Meinen Gruß denen, die gepfiffen und gezischt haben! Vielleicht haben nicht alle genau gewußt, warum sie es tun, aber sie waren trotzdem auf der rechten Seite.

Ich fasse noch einmal die Vorgeschichte kurz zusammen: Da hat ein Theater eine sogenannte Uraufführung veranstaltet, ohne den betroffenen Dichter rechtzeitig zu verständigen, dessen Zustimmung es niemals bekommen hätte. Es haben sich Leute gefunden, die das künstlerischen Wagemut nannten. Wagemut gewiß, sogar bis zur Dreistigkeit; aber künstlerisch? Dann wäre einer, der dort einbricht, wo er ein teures Kunstwerk weiß, schon ein Künstler!

Den Kompagnon hat ein Bühnenverlag abgegeben, indem er mich weder gefragt, noch verständigt hat. Ob er nach *bürgerlichem* Recht unbefugt gehandelt hat, ist eine Frage, deren sich der Schutzverband deutscher Schriftsteller angenommen hat, in richtiger Erkenntnis, daß so etwas uns alle angeht, die wir schreiben. Darum will ich im Augenblick nicht darüber sprechen. Aber das eine darf ich sagen: nach *geistigem* Recht hat dieser Bühnengrossist tadellos kaufmännisch gehandelt; nach dem Grundsatz, lange auf Lager befindliche Waren unter dem Preis abzustoßen. Ehre sei dem ersten Haus am Platze, das den reinen Warenstandpunkt eingeführt hat!

Ich habe mich gegen diese Aufführung verwahrt, sobald ich von ihr erfuhr; ich habe sie aber, aus juristischen Gründen und Zusammenhängen, weil ich verspätet von ihr erfuhr, nicht mehr verhindern können. Nun hat die Kritik gesprochen, und ich darf mir die Bescherung anschaun. Ich weiß, daß man auf eine Kritik nicht unmittelbar erwidern soll; es ist das gar keine üble Gepflogenheit in unserem Beruf, eine Art Geschäftsordnung, mit dem guten Zweck, daß nicht alle gleichzeitig durcheinander reden; also soll wenigstens der am meisten Betroffene schweigen, und wahrhaftig, ich habe mich immer daran gehalten. Aber diesmal befinde ich mich in einer besonderen Lage, denn es ist gar nicht *mein* Stück, wovon gesprochen wird, und also darf ich wohl mitreden? Ich setze diese Erlaubnis voraus und will einiges sagen, was mir bemerkenswert und wichtig erscheint.

Bemerkenswert erscheint mir zum Beispiel, daß von allen Besprechungen, die vor mir liegen, mehr als die Hälfte nicht ein Sterbenswort davon erwähnt, daß ich mich gegen diese Aufführung gewehrt und sie als unzulässig bezeichnet habe. (Und eine, die es erwähnt, fügt bei, das kenne man schon!) Dunkel kommt mir vor, es sei ein Rechtsgrundsatz, keinen zu verurteilen, dem nicht die Täterschaft nachgewiesen ist, und ich war der Täter nicht. Ich war auch nicht das Material, das die Forschenden vor sich hatten, aus dem sie ihre Schlüsse zogen. Und es ist doch ein Grundsatz aller Forschung, daß man kein Wesen einen singenden Esel nennen darf, wenn man seine Stimme nicht gehört hat! Es waren ja Leute darunter, die sich schon gar keinen Zwang antaten. Sie schrieben von der Qual, die ich dem Publikum zugefügt hätte, von der wurstigen Wurst, die ich mich vorzusetzen getraute, von dem nichtssagenden Dialog, mit dem ich Berlin «beliefert» hätte, von der Clique, die mich vergeblich zu retten suche; – das ist eine Blütenlese. Wenn die meisten dieser Freunde meiner Dichtung wahrscheinlich auch noch nie ein Buch von mir gelesen haben, geschweige denn die Schwärmer, so mußten sie doch aus den Zeitungen von meinem Protest wissen.

Überlassen wir sie ihrem weiteren Vorwärtskommen! Wichtiger ist mir, daß Herr Lherman es wieder einmal an den Tag gebracht hat, daß ich von Wedekind abhänge, von Schnitzler, von Shaw. Ich vermute zwar danach, daß Herr Lherman in seiner Auffassung von diesen Vorbildern abhing, aber ich muß hinzufügen, daß auch einige Kritiker es zu tun scheinen, denn dieser Vorwurf wird mir nicht zum erstenmal gemacht. Ich bedaure außerordentlich die genannten großen Herren, die jahrzehntelange Bühnenerfolge nicht davor schützen, daß man ihnen einen so schlechten Schüler «anlastet» wie mich. Was mich angeht, kann ich nur sagen, daß in meinem Verhältnis zu diesen drei Dichtern alle Vorbedingungen fehlen, die eine Abhängigkeit daraus machen könnten. Schnitzlers geistige Welt hat mit der meinen nur sehr wenig Berührung. Wedekind verabscheue ich, und Shaw bewundere ich seit dem ziemlich späten Tag, wo ich ihn kennen lernte, wegen der Natur seines Witzes, in dem völlig hoffnungslosen Bewußtsein, daß es mir nie im Leben möglich sein werde, auch nur einen einzigen Witz in seiner Art zu machen. Es scheint mir, daß die Ursache der vermeintlichen Ähnlichkeit eher in den Köpfen meiner Kritiker liegt. Bekanntlich nennt ein Kind alle Männer Papa. Und ich fürchte, behaupten zu müssen, daß es um die Entwicklungsstufe des Theaterverstandes einer nicht ganz geringen Anzahl von Kritikern ungefähr ebenso beschaffen ist.

Den schmerzlichen Bereich der ganzen Angelegenheit berühre ich, wenn ich an einzelne Menschen denke, die mir wohlwollen, die ich schätze, die aber doch unter dem Eindruck der Aufführung von mir abgerückt sind. Da steht die Frage auf dem Spiel: bedeuten die Schwärmer ein Bühnenstück oder nicht, und was bedeuten sie überhaupt? Es tut mir leid, daß ich die außerordentliche Gelegenheit, einmal von einer Sache zu sprechen, die ich so gut verstehe wie meine eigene, nicht besser benützen kann, aber es steht mir sehr wenig Zeit dafür zur Verfügung. So fange ich aufs Geratewohl mit der Unterscheidung zwischen einem schöpferischen und einem illustrativen, neben der Schöpfung herlaufenden Theater an. Denn unter illustrativ – im Verhältnis zum Geist der Sache – kann man auf dem Theater alles verstehen, was ein festes Geflecht der Weltanschauung und der Lebensregeln voraussetzt, von dem es selbst eine Einzeläußerung, ein Beispiel, kühnstenfalls eine Ausnahme zur Darstellung bringt. Von dieser Art ist selbstverständlich das politisierte Theater, gleichgültig welcher Politik. Es fügt dem, was schon außerhalb der Kunst da ist, gar nichts hinzu. Aber auch das gewöhnliche bürgerliche Theater ist von dieser Art. Eigentlich ist ein gutes Theaterstück eine aufgeblätterte Anekdote, in der Charaktere zum Vorschein kommen, die man leicht erkennt, ebenso Leidenschaften, die man leicht erkennt, und dann müssen noch so ein paar strukturelle Eigenschaften wie Spannung, Tempo, Erfindung oder dergleichen, und auch etwas Lyrik dabei sein. Zwischen Sardou und dem Theatergenie von morgen besteht darin kein Unterschied; ist bei dem einen die Anekdote eine Intrige, so ist sie bei dem anderen ein aus der Philosophie der Luft gewonnenes Aperçu, statt welchem hundert andere benützt und illustriert werden könnten. (Fortsetzung: die Beliebtheit dieser Art Dichtung bei Regisseur und Schauspielern, die weiter illustrieren.) In dieser illustrativen Kunst ist natürlich eine Menge Spielraum für persönliches Talent, Schönheit, Gesinnung usw. gegeben, aber der Geist dreht sich auf ihre Weise doch immer nur im Kreis. Es wird nicht verändert, sondern nur frisiert. Die Probleme des Lebens werden angerührt, umgerührt, aber nicht aufgerührt.

Und selbstverständlich ist es in der Ausführung nur ein relativer Unterschied, – aber doch ein Gradunterschied diesseits und jenseits eines kritischen Punktes! – wenn man dem die Forderung eines schöpferischen Theaters gegenüberstellt, in der sich die Tatsache spiegelt, daß wir in der Hauptsache aus Geist bestehn. Keine Angst, wir dürfen trotzdem Hummer essen, Politik machen und sonst tun, was menschlich ist (sollen es!), und meinetwegen mag man sich den Geist so materialistisch vorstellen, wie man will. Aber wir wollen nicht leugnen, daß die lebenswertesten Augenblicke die sind, wo das, was wir tun, von irgendeinem heimlichen, aber über uns hinausgehenden, in die Weite des Allgemeinen tragenden Gedanken belebt wird. Ich gestehe, daß ich das nicht auszudrücken weiß, denn alle diese Worte: Gedanke, Geist, Idee sind durch Mißbräuche in üblen Ruf geraten. Trotzdem kennen wir den Unterschied, ob wir etwas aus innerer Bewegung tun oder nicht, im Leben ganz genau. Wir wissen genau, daß wir heftig sein können und trotzdem leer zurückbleiben. Wir wissen genau, daß wir die edelsten Gefühle haben und die größten Überzeugungen äußern können, aber es bleibt im nächsten Augenblick nur ein Schlick von ihnen zurück. Es gibt da so einen merkwürdigen Unterschied in uns zwischen Wachstum und Erstarrung, der allen würdevollen Unterscheidungen gegenüber, die wir außen hochhalten, höchst aufsässig ist. Und also kurz gesagt, man muß ein wachsendes Theater machen.

Dazu ist die Kunst da; man könnte das alles ebensogut auf den Roman und das Gedicht anwenden. Und da ich hier meine persönliche Sache führe, darf ich sagen, daß ich mein ganzes Leben lang nichts anderes getan habe, als in unserer Kunst da die richtigen Verhältnisse zu suchen. Mir ist es eigentlich gleichgültig, was ich erzähle und wen ich beschreibe; ich will dem nur das Maximum geistigen Lebens mitgeben, das ich erreichen kann. Man hat mich oft einen Psychologen genannt; lieber Gott, Psychologie ist heute das, was in der Zeit Marco Polos die Geographie war, mehr nicht. Man hat mich einen Zerfaserer genannt, und ich mühe mich um die Synthese. Man hat mich fein genannt, und ich will das Ganze, soweit es meinem blöden Auge zugänglich ist. Gefällige Auslagenarrangeure des zeitgenössischen Geistes sind unterdessen in der Literatur spazieren gegangen und haben sich, an einen Felsblock aus Pappendeckel gelehnt, als Höhenrekord photographieren lassen.

Sind nun die Schwärmer ein Bühnenstück? Ich behaupte noch heute, daß die richtigen Schwärmer es sein müssen. Sie sind außerordentlich schwer zu kürzen – richtiger gesagt, zu bearbeiten, aber es ist nicht unmöglich, sie sozusagen proportional zu vermindern, ohne daß Verzerrungen eintreten, wenn auch natürlich Substanzverluste nicht zu vermeiden sind. Ich bin überzeugt, daß dann, wenn man sie richtig auf die Bühne bringt, zu den Worten und Gedanken jenes Leben wieder hinzutritt, aus dem sie geboren sind, und daß sie dann auch gar nicht so sehr schwer zu verstehen sein werden, wie ich vorläufig nach den bedauerlichen Eindrücken einzelner Kritiker feststellen mußte. Ich habe hier manches über Kritik gesagt: ich möchte darüber nicht versäumen, auch für die Hilfe zu danken! Man kann den Halt wahrhaftig brauchen, in solcher schweren Stunde, wo ein anderer für einen kreißt. Und ich glaube mich nicht zu überheben, wenn ich sage, daß die Schwärmer noch etwas warten können; das Genre wird ja nicht überlaufen. Ich habe auch keine Angst vor dem Veralten, obgleich mir schon viele versichert haben, daß sie *da*rüber hinaus sind. Denn meine Überzeugung ist, daß man über nichts, das einmal Geist war, hinaus, sondern nur daneben geraten kann. Ich würde aber gerne sehen, daß das Experiment richtig noch zu meinen Lebzeiten wiederholt werde, denn eigens deshalb auf die Erde zurückkehren, würde mir nach dem Gesamteindruck, den ich hier empfangen habe, etwas schwer fallen.

AUS ROBERT MUSILS TAGEBÜCHERN

[ANFANG 1920]

Folgende Tabelle aus den Schwärmern gilt allgemein:

Schöpferische Menschen	Unschöpferische
Unbestimmt	Bestimmt.
Transwahr	Wahr
Transrechtlich	Rechtlich
Fühlloser Träumer	Mitfühlend
Ungesellig	Gesellig
Metaphysisch unruhig	M. ruhig.
Ausgeschlossen.	Eingeschlossen
Passiv aus Widerwillen geg. das Bestehende wie das Verbessern	Aktiv
Wirklichkeitsverachtend	Wirklich
Antiideale	Sonntagsideale
Antiillusionen	Illusionen: Realitäten

[ETWA MÄRZ 1937]

Als ich die Schwärmer schrieb, bin ich absichtlich nicht ins Theater gegangen. Ich wollte mein Theater machen. Der Erfolg des Stückes hat dem entsprochen!

[FEBRUAR/MÄRZ 1939]

[...] Ich habe «Die Schwärmer» nachgesandt erhalten, schicke sie an Lányi weiter u. habe zum erstenmal seit Jahren darin geblättert und sie stellenweise wiedergelesen. Ich bin überrascht gewesen von der Schönheit und Kraft der Sprache und auch von der anfangs kräftigen Führung. Sie haben wohl seinerzeit ein gewisses Aufsehen erregt, sind aber heute so gut wie vergessen, und welches Unrecht ist das!

Denn mögen sie noch soviel Fehler haben, sie haben auch etwas von der großen Kontinuität u. ihren spärlichen Erscheinungen!

Dann bin ich im Lesen ermüdet (also doch auch selbst ich!), u. nun frage ich mich, ob ich einen schweren Fehler begangen habe und woraus er bestehen möge. Ich setze hieher, was ich unmittelbar nach dem Lesen notiert habe:

Die Ausführung ist ohne Leerlauf. Aber die Anlage der Figuren u Probleme ist – wahrscheinlich gerade weil sie kräftig hervortritt – rasch erfaßt, u. die Ausführung fügt dem nun nichts Wesentliches mehr hinzu. Darum also ist sie störend und ermüdend.

Nun hat aber die Ausführung für mich unaufhörlich Neues und Wesentliches hinzugefügt, ja gerade das ist ihr Gesetz gewesen. Es muß sich also eine Spaltung ergeben zwischen dem wesentlich für mich oder sogar an sich und dem für den Leser oder Betrachter.

Mir hat das Gesetz des höheren Lebens selbst vorgeschwebt, und mit Absicht, und es heißt, daß in einer Auseinandersetzung oder Entscheidung kein Augenblick leer sein darf, kein Bindeglied nachlassen soll. Das Leben soll aufs äußerste motiviert u. «motiviert» sein, u. also auch die Dramatik. Das ist ja meine Ansicht gewesen, u. ist es z T. noch heute. Ich habe die Bedeutung der Schwärmer gerade darin gesehen.

Dagegen gibt es die von mir oft verspotteten «Gesetze der Dramatik», die «Koffer» und «Koch(rezept)dramaturgie». Wahrscheinlich ist die eintretende Ermüdung ihre Rache. Ein Drama muß Leerlauf haben, Ruhestellen, Verdünnungen usw. Und entgegengesetzt entsprechend, Konzentrationen der Beleuchtung u ä. Es ist wohl gewöhnliche Psychologie des Erfassens, womit das zusammenhängt, aber der Zweck eines Dramas ist ja auch nicht der einer religiösen oder philosophischen Urkunde.

Bei einer Überarbeitung müßte ich wahrscheinlich von diesem Gegenprinzip ausgehn u. dann die Ergebnisse vergleichen.

[ANFANG APRIL 1939]

Zur Apologie der Schwärmer:

[...]

Wenn jemand, den man liebt, einen anderen liebt, entsteht nicht grobe Eifersucht (oder abwechselnd mit ihr), sondern die Frage des eigenen Wertes. Im besondern hier der Vorwurf gegen Anselm, daß er nicht ehrlich den Wettbewerb bestreite. Die Unehrlichkeit besteht aber darin, daß er die Eindrücklichkeit der Affekte benutzt (nur nebenbei, daß er zu diesem Zwecke lügt), und letzten Endes der den vieren fühlbaren Problematik ausweicht. Diese ist die Schwierigkeit, der geistigen Entwicklung verbunden zu sein u. der Gefahr zu begegnen, die sich etwa als Affektverlust des Lebens bezeichnen läßt.

[HERBST 1939]

Dram. der Schwärmer: Corneille weiß etwas von jeder Leidenschaft; besser gesagt, er hält es für wichtig. Seine Figuren werden von dieser Leidenschaft nun so bewegt, als sie es aussprechen. Jede Person hat eine Grundqualität, die sich in ihrem Ansichsein bestimmen u beschreiben läßt. Es ändert sich nicht mit der Einzelseele wie bei Shakespeare, wo der Ehrgeiz in verschiedenen Personen Verschiedenes ist. Er arbeitet die einheitliche u gleichförmige Natur jeder einzelnen Leidenschaft heraus u. bildet die dramatische Handlung aus der Mischung u dem Gegensatz dieser Elemente.

[1940]

Mein Ausschluß u. Selbstausschluß aus D. erklärt sich zT. auch so: Ich war 1914 in einer Krise. Die Fortsetzung durch Jugend, die ich bei der NR. sogar fördern sollte, gefiel mir nicht. Die Vereinigungen, die Mühe u. der Mißerfolg, lagen mir noch in den Gliedern. Die Schwärmer waren ein Nebel geistiger Materie, ohne dramatisches Skelett (s. d. ersten Entwürfe). Meine Aufsätze befriedigten mich nicht, die Notizen zu verschiedenen Sujets waren vielleicht nicht immer uninteressant, aber von nichts hatte ich den Eindruck, daß es wesentlich sei.

Der Krieg kam wie eine Krankheit, besser wie das begleitende Fieber, über mich.

Während seiner Dauer u. nachher hatte ich so viel mit den Schwärmern u. dem sich bildenden M. o E. zu tun, daß ich für das, was sich in der Welt bildete, mindestens zur Hälfte verschlossen war.

Zu ... Schwärmer eingefallen: Pivot: die Möglichkeit ‹auf Forster› zu kürzen: die Art Schwerfälligkeit des Stücks (Länge u. Breite): weil es nicht von den Vorbildern des Spielens ausgeht u sie nicht gewissermaßen bedient. Anders gesagt, es muß sich mit die Schauspieler dichten. Für F. hätte es ein Drittel kürzer sein können, für ein Ensemble, das ich liebe, um die Hälfte!

AUS MARTHA MUSILS BRIEFEN

AN ROBERT LEJEUNE

Genf. 5. VII. 1942

Ich glaube, daß es Dr. Hirschfeld vom Schauspielhaus ist, der an «die Schwärmer» denkt, und ich sende sie Ihnen, aber zu eigner Lektüre, *nicht* für das Theater, aus mancherlei Gründen. Erstens würden sie das Stück nach der Prüfung ohnedies nicht geeignet zur Aufführung finden, und hätten damit auch recht, weil es nicht für die Jetztzeit paßt, und außerdem die beste Besetzung verlangt. Das Stück war seinerzeit bei allen großen Theatern Deutschlands angenommen, aber Robert hat es überall wieder zurückgezogen, weil die Direktoren die großen Kosten scheuten, die vier erste Schauspieler und dreißig Proben verursacht hätten, denn es ist kein Zugstück. Aber in unzureichender Besetzung und schlecht gekürzt, wäre es ein ungeheurer Mißerfolg gewesen. Das werden Sie selbst nach der Lektüre finden.

ANMERKUNGEN

DIE SCHWÄRMER – Erste Skizzen auch im Tagebuch: Tagebuch-Heft 11 etwa 1908, Tagebuch-Heft 5 Sommer 1911, Tagebuch-Heft 6 Februar/März 1912. Entwürfe, Skizzen in einer Vielzahl wie sonst nur noch zum Mann ohne Eigenschaften. Das Schauspiel, das als Buch 1921 im Sibyllen Verlag Dresden erscheint, hat das Schicksal des Lesedramas. Die Urauff. schließlich 3. IV. 1929 in einem kleinen Berliner Theater war ein primär der, den Text zumal amputierenden, Regie zuzuschreibender Mißerfolg. Robert Musil hatte vergeblich gegen die Aufführung mit unzureichenden Mitteln protestiert: s. sein Pamphlet «Der Schwärmerskandal» 20. IV. 1929 (S. 122 ff.) Wiederaufführung erst mehr als ein Vierteljahrhundert später: 17. VI. 1955 am Hessischen Landestheater Darmstadt (Regie: Gustav Rudolf Sellner).

ZU FRÜHEM SZENEN-ENTWURF – Dr. Gentebrück (= Thomas), Greil (= Josef), Isidor Sprunghügel finden sich auch auf einer Liste mit Namen aus Brünn. In der dritten Kolonne notierte Musil Überlegungen für den Titel, ehe er sich für «Die Schwärmer» entschied.

AUS DEN BRIEFEN

18. XII. 1917 – *bis das Drama fertig ist:* Nach ihm gefragt hatten – noch ohne Hinweis auf den Titel – in Briefen wie auf einer Karte an Martha Musil, die sich erst Herbst 1980 in Bozen fanden, schon im Juni 1915 Franz Blei wie Ea Rudolph (später Ea von Allesch): «Seit Monaten endlich eine Nachricht von Ihnen! Auf welcher Cima di Brenta reitet Musil? Warum ist er nicht besser im Hauptquartier? Dort kann er doch das Stück fertig machen, nach dem alle fragen. Oder ist es fertig? Kann ich es bekommen?» (Blei Anfang Juni), «Und was ist mit dem Drama?» (Ea R. 2. Juni), «Liebe Frau Martha, ich wäre Ihnen sehr dankbar, wenn Sie mir von Musils Drama eine Abschrift schickten. Ich brauchte sie aus einer Menge praktischen Gründen. Im Falle z. B. Musil bis zur Eröffnung der Saison im Künstlertheater keine Zeit zur

definitiven Fassung findet, und das Stück soll eröffnen, so möchte ich es zur Unterlage unserer brieflichen Auseinandersetzungen haben, ob es so wie es ist eröffnen kann was zu ändern wäre usw. Es wird am 1. Oktober eröffnet werden. Hauptquartier oder ein kleiner Schuß durch den Muskel des Unterschenkels: eins von beiden muß man wünschen.» (Blei Berlin 13.6.). Am «19. Dez. 15» fragte Ea R. nochmals: «Ist das Drama beendet? Schreiben Sie mir doch ein bissl was – bitte!»

Als «Victor Barnowskys Pläne» hatte das Berliner Tageblatt schon am 28. August 1915 für dessen Berliner Bühnen am Schluß auch «neue Stücke von Ludwig Hatvany, Moritz Heimann und Robert Musil» angekündigt.
Adelsberg: slowen. Postojna, südöstl. von Görz, an der Straße Triest–Laibach (Lubljana), Sitz des Kommandos der Isonzo-Armee, dem RM Mitte April 1917 zugeteilt worden war.

BRÜNN ANFANG JANUAR 1918? – *zum K.:* zum Kommando
Entheben: Vom Militärdienst freistellen

28. XII. 1918 – *das Amt:* Staatsamt für Äußeres (Archiv des Pressedienstes). Musils Aufgabe, «einen Index der Ausschnitte anzulegen».

30. JÄNNER 1919 – *Sibyllen Verlag:* Bei ihm erschien die Buchausgabe der «Schwärmer» 1921.

29. II. 1919 – *Efraim Frisch:* 1873–1942, Herausgeber der Münchner Zeitschrift «Der Neue Merkur» (1914–24)

7.8.1920 – *Erhard Buschbeck:* 1889–1960, seit Herbst 1918, mit Hermann Bahr, Dramaturg am Burgtheater
Dr. H.: Dr. Stefan Hock (1877–1947), damals Dramaturg am Burgtheater
Staderszenen: Stader, Inhaber des Detektivbureaus Newton, Galilei & Stader («Die Schwärmer»)
Halbe: Max H. (1865–1944), naturalist. Dramatiker («Jugend» 1893)
R.: Regine
an den Schw.: an den Schwärmern
Bg. Th.: Burgtheater

5. DEZEMBER 1920 – *Herr Viertel:* Berthold V. (1885–1953), österr. Lyriker, Essayist, Regisseur, gründete 1922 in Berlin seine eigene Theatertruppe.
Zeiss: Karl Z. (1871–1924), 1920 General-Intendant in Frankfurt a. M. (Opernhaus, Neues Theater), 1921 in München (Bayrische Staatstheater)
Kahane: Arthur K. (1872–1932), Dramaturg bei Max Reinhardt
Hollaender: Felix H. (1867–1931), 1920 Nachfolger Reinhardts am Großen Schauspielhaus Berlin
Sib. Vlg.: Sibyllen Verlag Dresden

24. DEZEMBER 1920 – *Johannes von Allesch:* 1882–1967, seit 1912/13 Assistent am Psychologischen Institut der Universität Berlin, seit dem gemeinsamen Studium in Berlin zeitlebens eng mit Robert Musil befreundet.
Tiedemann: Dr. jur. Alfred T. im Sibyllen Verlag
Telegramm Franckes: Dr. phil. Leo F. (1884–1943), Chef des Sibyllen Verlags
Fischer: S. Fischer Verlag Berlin
Stellung im Ministerium: Staatsamt für Heereswesen (Fachbeirat)
Rowohlt: Ernst Rowohlt Verlag Berlin
Notiz Grossmanns im Tagebuch: s. Das Tagebuch, Jgg. 1 Heft 47 (4. Dezember 1920) S. 1522 – In der Rubrik «Aus dem Tage-Buch» hieß es dort vom Hrgb. Stefan Grossmann zum «Filmideal Kortner»: «Dagegen würde es dem Dichter Robert Musil, der eben in jahrelanger, lust- und qualvoller Arbeit ein seeledurchströmtes Schicksalsdrama gestaltet hat, schwer fallen, auf sein Werk auch nur einen Vorschuß von 3000 Mark einzuheimsen.»

1. JUNI 1921 – *Jessner:* Leopold J. (1878–1945), 1919–30 Intendant des Berliner Staatstheaters
Hollaender: Felix H. (s. Robert Musil an Viertel 5. Dezember 1920)
Stefan Hock: s. Robert Musil an Erhard Buschbeck 7. 8. 1920

15. JULI 1921 – *Gr.:* Stefan Grossmann? (s. Robert Musil an Allesch 24. Dezember 1920)
dem Buschbeck das Mpt. zeigte: s. Robert Musil an B. 7. 8. 1920

6. 12. 21 – *Meine Tochter:* Annina, Tochter von Martha Musil
noch immer vor dem zweiten Akt: Musil hatte Kerr das «Schwärmer»-Buch am 6. September zugesandt.
Die Weltbühne: Am 1. Dezember 1921 – Das Tagebuch (Berlin) hatte dieselbe Anzeige des Sibyllen Verlags schon am 26. November gebracht.
über den Törless: Alfred Kerrs Kritik «Robert Musil» in der Berliner Zeitung «Der Tag» 21. Dezember 1906

7. IV. 23 – *Nachricht vom Münchener Theater:* Otto Nebelthau, Dramaturg am Münchener Schauspielhaus, hatte am 14. Februar an Franz Blei, Dramaturg am Theater am Kurfürstendamm (Berlin), geschrieben: «Ich habe mich neuerdings mit dem auch von Ihnen sosehr geschätzten Stück ‹Die Schwärmer› v. Musil beschäftigt und habe mich entschlossen, das Stück noch in dieser Spielzeit zur Aufführung zu bringen. Nun las ich vor einiger Zeit, daß Direktor Robert das Stück für die Tribüne angenommen hat. Wollen Sie mir bitte mitteilen, ob Direktor Robert die Aufführung dieses Stückes noch in dieser Spielzeit beabsichtigt; wenn nicht, ob er bereit ist, uns die Uraufführung zu überlassen. Es dürfte ja wohl im Interesse Musils sein, daß dieses außerordentlich schöne Stück möglichst bald an die Öffentlichkeit gelangt. Wir können es hervorragend besetzen, sodass sicher ein Erfolg zustande

kommt. Haben Sie sich mit dem Stück schon soweit beschäftigt, dass Sie Striche gemacht haben? Ich denke mir, dass von den 164 Schreibmaschinenseiten mindestens 60 herausgestrichen werden müssen. / [...]»
3. M. Verlag: Drei Masken Verlag

26. VIII. 23 – *Deine Frau:* Alleschs zweite Frau Marianne

NACH 5./6. DEZEMBER 1923 – *Zur Premiere der Komödie:* «Vinzenz oder [und] die Freundin bedeutender Männer» am 4. Dezember

8. XII. 1923 – *seinem Geschick:* Viertels

31. XII. 1923 – *Julius Levin:* 1862–1935, Dr. med. «Die literarische Welt» (Berlin) stellte ihn am 19. August 1927 in der vier Nummern zuvor begonnenen Reihe «Neben dem Schriftstellerberuf» («in der Dichter autobiographisch über Berufsarbeiten, -experimente und -resultate neben ihrem Schriftstellertum sprechen») zusammen mit Robert Musil vor, der über seine in Göttingen produzierte Konstruktion eines Farbkreisels für optische Experimente («Der Variationskreisel nach Musil») berichtete. Levin, mit Erzählungen bei S. Fischer wie Rowohlt, «ein fast siebzigjähriger Jüngling, einer der besten und kühnsten Geigenbauer Deutschlands», stellte sich als «Schriftsteller und Geigenbauer» vor. Über ein Jahr vorher, am 30. April 1926, hatte er, do. in Die literarische Welt, einen offenen Brief an Robert Musil veröffentlicht: «Der Sinn der Hemmung». Den Anstoß dazu hatte ihm das «Interview mit Alfred Polgar» gegeben, das Musil ebd. am 5. März 1926 veröffentlicht hatte.

14. JÄNNER 1924 – *für Ihr Buch:* «Bekenntnisse des Hochstaplers Felix Krull» (1922)

16. NOVEMBER 1924 – *Thibaudet:* Albert T. (1874–1936), französ. Literarhistoriker, Mitarbeiter der Nouvelle Revue Française

4. FEBRUAR 25 – *eine gewisse Ausnahmsstellung:* In Nr. 21 (21. Mai 1925) schrieb Blei, ohne Fred Hildenbrandt vom Berliner Tageblatt zu nennen, über die damals offenbar allgemein beschworene «Theatralische Krise», über den vielbeklagten Mangel an brauchbaren Stücken (Pirandello als «eine interessante Glosse zum Theater»: «Er ist Epilog.») mit dem Resumee: «Und es gibt einen außerordentlich interessanten Prolog zu einem möglichen künftigen Theater: Robert Musils ‹Schwärmer›. Auf einer ganz andern psychologischen Ebene als jener, die man bisher gewohnt war und nur kannte, anerkannte. Die Vorbedingungen seines Daseins sind nicht in der bisherigen modernen Dramatik, datiert seit 1880, vorhanden, sondern in Erkenntnissen einer ganz andern Kategorie. Ihre Publizität bis dahin vorausgesetzt – denn ein Theaterpublikum kann ein absolut Neues nicht apper-

zipieren – wird man ‹Die Schwärmer› in zehn Jahren so spielen wie sie geschrieben sind. Geschieht es früher, so nur gefälscht auf einen dramatischen Begriff von 1890, auf Ibsen etwa. Geschieht es so gefälscht früher, fallen die Schwärmer – bei Gott nicht ihr Autor! – in die dramatische Isolvenz dieser Zeit, welche ihre zehn Jahre braucht für die Liquidation des Geschäftes.»

26. MAI 1925 – *Ihre Bemerkungen über die Schwärmer:* Vermutlich in einem (verlorengegangenen) Brief

30. MÄRZ 1929 – *daß man gegen meinen Willen die Schwärmer aufführt:* s. die Anmerkungen zu: «Der Schwärmerskandal»
Die *dumme Osterreiserei:* 31. März / 1. April Ostersonntag/Ostermontag
Hildenbrandt: Fred H., Feuilletonchef des Berliner Tageblatts
Olden: Rudolf O. – Er hatte bereits am 31. Januar 1924 (Der Tag, Wien) in einem großen Aufsatz nachdrücklich auf die Buchausgabe (das «Buchdrama») hingewiesen.
Theodor: Theodor Wolff (1868–1943), 1906–33 Chefredakteur des Berliner Tageblatts
Ich kann mich ... nicht an Kerr wenden: Kerr hatte auf «Die Schwärmer» Robert Musil gegenüber, durch all die Jahre, anscheinend nicht reagiert, geschweige sie als Buch besprochen. Seine Reserve war bereits Ende 1921 zu erkennen. (Vgl. Musil an Kerr 6. 12. 21.) Musil hatte, als er Kerr das Buch (ev. durch Annina) übermittelt hatte, wohl schon alsbald auf ein zustimmendes Wort seines ihn einst so ermutigenden «Törleß»-Kritikers gehofft. – Warum es ausgeblieben war, ließ Kerr in seinem Nachruf auf Musil erkennen, als er offensichtlich auch «Die Schwärmer» dem, nach einem Sprichwort, «bei Weibern wie bei Fischen» doch so besonders wertvollen «Mittelstück» zurechnete, aber «Musils ‹Mittelstück› (nach dem ‹Törleß›) war nicht sein Bestes».
Ich lege ... ein Interview bei: Ludwig Ullmann, Chefredakteur und Theaterkritiker der Wiener Allgemeinen Zeitung, brachte tags darauf, (Ostersonntag 31. März) einen Bericht mit einer zusätzlichen Stellungnahme von Musil (s. do. die Anmerkungen zu: «Der Schwärmerskandal»), deren Kopie vermutlich dem Brief an Blei beigelegt wurde.
im MM.: im «Montag-Morgen» (Berlin)

26. APRIL 1929 – *Diese Geschichte mit dem Drei Masken Verlag:* Auf Grund des Ludwig Ullmann gegebenen Interviews hatte der Bühnenvertrieb der «Schwärmer» Musil mit einer Klage gedroht.
die jetzt der Schutzverband übernehmen wird: Der SDSOe (Schutzverband deutscher Schriftsteller Österreichs), dessen «erweitertem Vorstand» Robert Musil noch – bis zu den Neuwahlen am 7. Oktober nach Hofmannsthals Tod (15. Juli) – angehörte. In den «Montags Protokollen» des SDSOe (im Nachlaß von Erhard Buschbeck) findet sich dazu am «19. V. 30» diese Eintragung: «Bei [Dr. Otto] Geiringer [Wiener Rechtsanwalt, nach Dr. Leo

Fischmann, nach 1929, neuer SDSOe-Syndikus]: Dr R. Musil. Dreimaskenverlag. Musil erhielt ein Telegramm von Dr. Wolff, daß der S. D. S. [Schutzverband deutscher Schriftsteller] Berlin intervenieren wird. S. D. S. verlangt 200 M. als Kosten. Musil hat scharf geantwortet. S. D. S. Berlin antwortet, er hat zur Lösung des Vertrags mit dem Dreimaskenverlag geraten. Dr Geiringer als Syndikus des S. D. S. kann nicht gegen den S. D. S. [Berlin] auftreten Liest aus der Rechtsschutzverordnung vor. Berlin interpretiert den § 4 falsch Brief an Berlin vom Vorstand, um den Fall klarzustellen in *Musils Sinn* / Brief nach Berlin schreibt Fontana». Zwei Wochen später, am 2. Juni (montags!) – fast 15 Monate nach dem «Schwärmerskandal» (s. u.) – stand der Streit zwischen Musil und dem Drei Masken Verlag wieder auf dem Programm der SDSOe-Sitzung. Im «Montags-Protokoll» dazu: «Dr Geiringer betreffs Musil Angelegenheit. Er teilt Dr Musil mit, daß [er] die Sache als erledigt ansieht.»
die Erwiderung im Tagebuch: «Der Schwärmerskandal» (Das Tagebuch, Heft 16, 20. April S. 648–52)
Hildenbrandt: Fred H.
Olden: Rudolf O.
Blattsolidarität mit Kerr: Alfred K., der Theaterkritiker des Berliner Tageblatts, bewertete die allgemein hart, ja als zu gewaltsam und unzulänglich beurteilte Bearbeitung und Regie Jo Lhermans ungleich nachsichtiger, ja positiv (s. Anmerkung Abs. 3 zu: «Der Schwärmerskandal»). Zum Stück: «Ein Zugstück wird es kaum werden», «Dies auf der Bühne? Heut? Nur denkbar mit Strichen ... in der Größe von Himmelsstrichen!»
H.: Fred Hildenbrandt
Ihre Zeitschrift: Neue Revue?

DER SCHWÄRMERSKANDAL – Das Tagebuch 20. IV. 1929. Wiederdruck (Murray G. Hall: «Der Schwärmerskandal 1929»): Maske und Kothurn 1975. Anlaß zu diesem Kommentar in eigener Sache war die unzulängliche, ja das Stück und das Ansehen seines Autors schädigende Uraufführung des Schauspiels «Die Schwärmer», auf die Robert Musil so lange hatte warten müssen. Weder der Bühnenvertrieb (Drei Masken-Verlag München) noch das Theater hatten beizeiten das Einverständnis des Autors eingeholt. Als Musil zudem von der gewaltsamen Textbearbeitung durch die Regie (Jo Lherman) erfuhr, erhob er, am 27. III., öffentlich Einspruch. Seine Meldung wurde von einigen führenden Berliner Blättern gebracht, wörtlich druckte sie der Berliner Börsen Courier: «Robert Musil protestiert / Wir erhalten von Robert Musil folgendes Schreiben: / Berliner Blätter haben die Nachricht veröffentlicht, daß das Theater in der Kommandantenstraße am 30. d. mein Stück ‹Die Schwärmer› aufführen werde. Ich ersuche Sie um die Veröffentlichung meines Einspruches dagegen. Herr Joe Lherman hat sich vor ungefähr vierzehn Tagen in dieser Angelegenheit zum erstenmal an mich

gewandt und fing gleichzeitig an, die Aufführung als beschlossene Sache zu behandeln, obgleich ich ihn in einer ersten Antwort keineswegs dazu ermutigt habe und in einer zweiten meine Einwilligung ausdrücklich verweigerte. Ein Aufführungsvertrag ist mir nicht einmal vorgelegt worden. Es wird hier also entweder ein Rechtsbruch versucht oder es handelt sich darum, die Öffentlichkeit zu bluffen.» Am 31.III. hieß es, nach einem Gespräch mit Robert Musil, in der Wiener Allgemeinen Zeitung (Ludwig Ullmann): «Robert Musil protestiert gegen die Aufführung seiner ‹Schwärmer› in Berlin. Ein Stück, für das keine entsprechende Besetzung gefunden werden kann». Der Vorwurf des alarmierten Autors richtete sich vornehmlich gegen den Bühnenverlag, der, wie es scheine, «einen Uraufführungsvertrag hinter meinem Rücken abgeschlossen hat, als ob es sich [...] um den Bühnenvertrieb eines Schlagerlustspieles handeln würde.» Die Aufführung ging dann auch tatsächlich, wie Musil befürchtet hatte, in einem Zuschauertumult unter. Musil selbst hatte ihr offensichtlich, entgegen der Erinnerung von Karl Otten – «Proteste, Gelächter und Beifall mischten sich zu einem Sturm, der Musil und mich hinaus auf die Straße fegte.» –, nicht beigewohnt; es hätte auch kaum der Situation entsprochen.
Zur «Blütenlese» der Kritik Abs. 5/6)*:* «Herr Musil soll mit dieser guten Absicht des Theaters in der Stadt *[*ihn «als den literarischen Dramatiker einer abgeklärten Romantik der Sachlichkeit, als den Theatraliker der akademischen Träumer und Schwärmer» «vorzustellen»*]* – oder doch mit der Art ihrer Ausführung – durchaus nicht einverstanden sein und gegen die Aufführung protestiert haben. Auch das ist heute üblich. – Das Publikum entschied weniger gegen Lhermanns *[!]* Inszenierung als gegen den Verfasser. Er mußte sich einiges Pfeifen und manchen bösen Lacher gefallen lassen.» (Neue preuß. Kreuzzeitung), «man saß ratlos zweieinhalb Stunden lang vor einem wirren Gedankenknäuel, qualvoll bemüht, irgendeinen Zipfel zu erhaschen, auf daß einem wenigstens ein Schimmer von Erleuchtung werde. Noch selten ist die Geduld des Zuschauers derart auf die Probe gestellt worden.» (Steglitzer Anzeiger, variiert auch: Dresdner Anzeiger, Bremer Nachr., Der Mittag), «Uns ist die Sache völlig Wurst, aber der Autor, der die Wichtigkeit dieser Frage *[*«ob der Mensch gut oder schlecht ist»*]* überschätzt, behandelt sie in endlosen Diskussionen, wobei er eine Fülle kluger Sentenzen aufstapelt. Die Zuschauer waren schließlich ganz mürbe geredet, [...]» (Vorwärts), «Robert Musil beliefert Berlin mit einem nichtssagenden Dialog mehr oder weniger kranker Schwächlinge, [...]» (Deutsche Zeitung), «Es wurde viel gepfiffen und gezischt. Ebenso lebhaft aber betätigte sich wieder die wohlorganisierte Haus-Claque.» (Steglitzer Anz.), «Am Schluß siegten die Applaudierenden über die Pfeifer, wobei man nicht ganz klar sah, was Claque und was echter Beifall war.» (Deutsche Allgemeine Zeitung, Berlin), «[...] und am Schluß die Claque. Wie die arbeitete, konnte man wundervoll beobachten, weil sich sonst niemand zu Beifallskundgebungen hinreißen ließ.» (Neue Berliner / 12 Uhr Mittags), «Die Claquepartei siegte. Die Gutmütigen lachten sich eins über die Beifallsdre-

scher.» (Welt am Abend), «Am Schluß hielten Klatschen und Pfeifen sich die Wage, doch unterlagen die Pfeifer dank einem energischen Claqueangriff, [...]» (Hamburger Nachrichten, Schlesische Zeitung u. a.), «[...] ein verworrenes Gemisch von unverdauten Ibsen-, Strindberg-, Schnitzler-, Wedekind-Resten.» (Berliner Börsenzeitung)

Zum «schmerzlichen Bereich der ganzen Angelegenheit» (Abs. 7): Das betraf wohl wesentlich Kerr, der diesmal Musil seine Zustimmung und seinen Zuspruch versagt hatte, Lherman nicht nur in Schutz nahm, sondern sogar lobte («Lherman wirkt künstlerisch. Den Aufstieg dieses Rampensüchtlings zu bestreiten, wäre für mein Gefühl jetzt unanständig.» oder («Riesenarbeit: Musils Werk auf den fünfzehnten Teil zusammenzuhauen. Lherman hat es vermocht. Ist hier ein Spekulant? Oder ein Werdender?») sich vom Stück («Dieses Stück (das kaum ein Stück ist)» distanzierte (Berliner Tageblatt 4. IV.).

Sardou (ebd.): Victorien S. (1831–1908), Dramen, Komödien («Madame Sans-Gêne», «La Tosca», Text zu Puccinis Oper).

AUS DEN TAGEBÜCHERN

FEBRUAR/MÄRZ 1939 – Lányi: Dr. Jenö L. (1920–40), ungar. Kunsthistoriker (Donatello-Forscher), heiratete 2. März 1939 in London Monika Mann, ertrank 23. September 1940 mit der von einem deutschen U-Boot torpedierten «City of Benares» auf der Fahrt nach Kanada.

ANFANG APRIL 1939 – *den vieren:* Thomas, Maria (seine Frau), Regine (ihre Schwester), Anselm

HERBST 1939 – *Dram.:* Dramaturgie

1940 – *aus D.:* aus Deutschland

NR.: Die Neue Rundschau. Musil war am 1. Februar 1914 in deren Redaktion (S. Fischer Verlag Berlin) eingetreten. Seine Aufgabe «in der Hauptsache die Heranziehung der jungen Schriftsteller-Generation».

‹auf Forster›: Gemeint ist Rudolf Forster; er war, neben Sybille Binder, Leonhard Steckel, Aribert Wäscher, als Vinzenz die tragende Figur der Berliner Uraufführung von «Vinzenz oder die Freundin [später: und die Freundin] bedeutender Männer» (Regie: Berthold Viertel) am 4. Dezember 1923 im Lustspielhaus Berlin.

muß sich mit die Schauspieler dichten: muß sich die Schauspieler mit dichten?

5. VII. 1942 – *Robert Lejeune:* 1891–1970, seit 1926 evangel. Pfarrer am Neumünster in Zürich, religiöser Sozialist, für Robert Musil der aktivste Helfer im Schweizer Exil, hielt die Grabrede am 17. April 1942.
Kurt Hirschfeld: 1902–64, seit Beginn seiner Emigration 1933 Dramaturg am Züricher Schauspielhaus (seit 1961 dessen Direktor)

Theater im 20. Jahrhundert

Manfred Brauneck

Programmschriften, Stilperioden, Reformmodelle

rororo handbuch 6290

Dokumentiert, analysiert und kommentiert werden die wichtigsten theaterästhetischen Programmschriften, Stilperioden und Reformmodelle von der Jahrhundertwende bis zu den 80er Jahren – von Max Reinhardt bis Jerzy Grotowski, von den Theaterexperimenten des Bauhauses bis zur amerikanischen Theatersubkultur. Der einleitenden Skizze einer Theorie des Theaters folgen die fünf Kapitel:

- «Theater der Zukunft»: Stilbühne und Theaterreform um 1900
- Revolte – Erneuerung – Experiment
- Politisches Theater – Episches Theater – Dokumentartheater
- Das Schauspieler-Theater
- Theater der Erfahrung – Freies Theater

Der Band schließt mit einer

- Chronik des Theaters im 20. Jahrhundert: Daten und Ereignisse.

Damit liegt für jeden Theaterinteressenten ein unentbehrliches Handbuch vor, das über die Entwicklung der Theatermoderne umfassend informiert.

2047/1